心必受之方為愛

陳中威 著

山頂文化

謹以此書獻給天上的父親

1972 年 3 月上海，作者（左一，約三歲）與曾祖母

小家與祖父祖母（作者約 10 歲）

八十年代初，父子三人於上海。

1982 年元旦，作者與父親在浦東。

1989 年 9 月 28 日，孔子誕辰 2540 週年，父親在上海文廟捐獻孔子銅像。

父親與作者，攝於 2007 年 12 月 7 日，上海。當日船案一審勝訴，巧逢作者新舊曆同日生日。

千禧年元月初，父親在立夫公贈詩之墨寶前留影。

作者二女俊蕾（左）、兒子俊羲（中）、長女俊伶（右）攝於 2015 年夏，香港。

今天

我只有一個今天，
追憶着無數個回不去的昨天以後，
今天隨着雪花飄到我的面前……

我還有多少個明天？
緬懷着一個留不住的今天消逝，
明天在春的懷抱裏繼續沉醉迷戀……

我只有一個今生，
如鷹振翅如風疾馳不作停留不要等，
我的人生我來爭！

我不求還有一個來世，
我深信天上的國度千年一日，
畢竟我們終將重遇！

2014年12月13日

序 一

書本不只是紙張和文字的組合，更是知識和思想的載體。閱讀可以讓我們增長知識，開闊視野，得到人生的養分與啟迪。

在信息化時代下，現今看書的人似乎越來越少，而且香港市場小，成本高，出書也不是一件輕而易舉的事情。若沒有帶着熱誠和毅力，相信很難做成。

常言道：「世上無難事，只怕有心人」！

記得在今年某次餐聚活動中，中威兄向我提到他正籌備出版一本書籍，邀請我為他的新書寫一篇序文。近年，中威經常在報章撰寫文章，聊聊生活時事，談談人生故事，廣受市民讀者的歡迎。欣悉中威將要出書，我當然為他感到高興。不過，中威亦知在香港出書並不是一件易事，基本上沒有甚麼利潤，有時候甚至會虧本。但他沒有以此為首要考慮。

印象猶深的是，當時中威給我分享了他出書的想法。他認為實體書有其獨特的存在價值，希望能夠把近年撰寫的文章結集成書，作為一個紀錄。同時也希望他的書有一種交流的價值，推動本地閱讀文化。我十分認同他的見解，同時也被他的熱心和真誠所感動，於是答允無論再忙碌，都不忘為他的新書寫序，也希望與中威一起鼓勵時下年青人培養良好的閱讀習慣。

《心必受之方為愛》一書，是集結中威近年在報章刊出的文章而成，內容涉及家庭、人物、文體、影藝、生活時事等等，可謂包羅萬象。文筆精簡平實，真誠自然，有對生活的感悟，有對過往的回憶，也有對親人的思念，以及對家國之情的真情實感。特別的是，中威擅長以詩句抒發內心的個人感受和情感。

中威祖籍浙江寧波，家族是中國航運世家。因此，他在書中也提到自己家族一些歷史背景，曾在抗戰中自沉商船阻敵護國，為拯救民族危亡作出了重大犧牲和貢獻。時至今日，國家的發展取得舉世矚目的成就，身為中國人與有榮焉。作為家族第四代後人，中威感悟幸福生活的來之不易，他本人也一直不忘初心，堅持傳承優良家風和傳統。無論在家庭、事業以至回饋社會等方面，都付出不少心思和努力，實在令人敬佩！

這本書集合中威多年創作的心血結晶，充滿智慧與力量，深深體會到他對生活的熱愛和感恩之情。對家庭充滿眷戀，對生活寄予希望，對別人施以愛心，對社會予以回報。相信定能讓各位讀者有所感，有所思與有所悟，為大家開啟一扇眺望世界的窗，非常值得一讀！

香港作家聯會永遠名譽會長
貝鈞奇
2024 年 9 月 1 日

序　二

每次見到中威，總能感受到他那種英武與威猛，這正是他名字所蘊涵的力量與衝勁，令人不由自主心生振奮。他的笑容如陽光般燦爛，溫暖而迷人，傾倒了無數男女老少的朋友，展示了他的內心世界，呈現他的魅力與親和力。讓人其樂融融，親切萬分。

前不久赴港與中威歡聚，他邀我為他的新書寫一篇序。當時我因事務繁忙意欲推卻，但面對他那既熟悉又親切的笑容，拒絕的話語竟然馬上被我壓止在心底，欣然接受了這個要求。

細讀中威的作品，字裏行間洋溢着濃濃的人情味，包含着親情、友情與愛情，彰顯出他那忙碌於事業、熱心公益慈善背後的真摯情懷。儘管事務繁多，他依然在紛雜中保持着筆耕不輟的勁頭，長年來從不懈怠。每一篇文章皆是他心血的結晶，傾注了細膩而豐富的情感，多年的努力終於成為紙上文字，以書籍的形式惠及讀者，分享中威的心得，品味人生的感悟与沉思。這確實是一件值得推薦，也值得慶賀的好事与幸事！

讀畢中威的文章，讓我感佩良多。文章短小精悍，內容卻充實動人。隨心而敍，娓娓道來，宛如在幽靜的巴山夜雨中與你傾訴心聲，引發讀者的深思與感懷，令人撫案長思，回味無窮。中威並不追求辭藻的華麗，而是用真心與真情來表達自己深刻的感受，讓每位讀者皆能感受到那濃濃的愛意與深深的恩情。

書中蘊含了中威家族代代相傳的人生感悟：

因心觸動源於恩，
心必受之方為愛！

感念有「恩」才能真正體現「愛」在的真諦。

值得一提的是，中威的寫作與德行之間緊密相連。他的家族四代人以秉持着永不放棄、從不言敗的甬人精神，以無法描述的艱辛與挫折，以不懈的努力和誓不言敗的精神，為中華民族爭回了榮耀與正義。其中的曲折與苦澀，讀者可自己去探尋被譽為新中國十大海事案件之首的「中威船案」，這或許是中威創作力量源泉的最好詮釋。

中威滿懷愛國情懷，心繫家庭與眾人，他的作品致力於將這種「愛」傳遞給每一個人，促使大家去感受、去理解、去融化……最終成就了深厚的「恩」，並以「恩」與眾位讀者結緣！

香港中文大學和聲書院創辦人

李和鑫 博士

書於寶島台灣

2024 年 7 月 31 日 凌晨

目　錄

年歲篇

影藝篇

運動篇

兩地篇

合著篇

人物篇

心必受之方爲愛

因心觸動源於恩
心必受之方為愛
芸芸眾生人億萬
卿盼君歸渡新歲

在上世紀八十年代初，香港無綫電視有一個資訊節目叫做《每日一字》，當時收視率非常高。節目主持人林佐瀚，是一位學識淵博的好好先生。他曾任職行政局及立法局總主任，也在大學教過書。節目每集約三分鐘，他用風趣幽默、深入淺出的方式解說一個漢字。

記得那時候我和弟弟每天完成功課後，都要追着看，從中學懂了不少生澀字的讀音與字義。父親看見兩兄弟好學如此，便笑着打趣說，想不到一個解說漢字的節目竟具如此魔力，吸引了莘莘學子。後來，他也拿出白紙在上面寫了一個大大的「愛」字，他將自己對愛的詮釋娓娓道來。

父親說將漢字「愛」拆開，是「受」與「心」兩字，愛必須用心去感受的，唯有心感受到了才算是真正的愛。愛有付出者，也有接收者。他認為從客觀理論上講，愛若有接收者來論斷更具說服力。因為付出者往往會為愛呼天搶地，挖心掏肺，但這份愛的被愛者能否心甘情願感同身受全然折服而接收呢？倘若不然，愛永遠是單向的，沒有了互生情愫、互贈愛意。那麼單向的愛就不能算是真正的愛。父母子女間的親情，男女間的愛情，以至朋友間的友情都是這樣的。故此他說，心必受之方為愛。父親的那些話語常在我腦海裏迴盪，雖然他已離開世界快整整十年了，但是我感覺到他對我的愛不但沒因人離世而消逝，反而越發強烈了。

現在我們大多都喜歡談愛，常常將愛掛在口邊，卻很少言及恩。更多的是要求別人愛自己或者自己愛別人。但其實所有的愛都是源自於內心的感恩，如果不能理解，就不可能正確地或真正地去愛一個人。恩意味着一定是某種東西觸動了我們的內心，而這個觸動一定是感激的。母親的名字裏有個「恩」字，而且是恩上加恩，她對我及孫輩們的愛也都是能切切實實深刻感受到的。尤其是對着小孫子，祖母無微不至的愛散發出勝似彩虹般的光芒，小孫子與祖母在一起的時候最輕鬆且自在。

愛在這樣一個疫情肆虐的年代，有時也帶給大家不多不少的遺憾。岳父最愛我的大女兒，長女出生那年他剛退休，常常來我家幫忙照顧陪伴，一老一少感情甚篤。去歲岳父彌留間，長女仍在海外修讀大學最後一年課程，不及趕回送別。最後也只能萬分自責，淚灑異鄉。她感受到外公對她的愛是最珍貴的，而且她知道此生也難以再回報了。懊惱之情，日夜縈繞，想來也只能由她母親來安慰勸導了。

其實，在我們每一個人身邊甚至心中都有愛，只不過我們各自都有自己的定義罷了。仁愛、慈愛、真愛、博愛、情愛……愛無處不在。紀伯倫說，愛是伴隨我們存在的一種力量。小王子不也是只愛屬於他的玫瑰嗎？因為肯定愛已經將他們結合在一起，唯獨這樣他才會捨五千朵玫瑰而只愛他的那一朵。愛是一種心靈的感受，也是自我成長的過程。

心必受之方為愛。我想我們應該一起去感受源自於恩的愛，並將愛和祝福輕輕饋贈他人，如此之愛必定會更真實更恆久。

2022 年 1 月 20 日

念親恩

清明時節念親恩
恩刻心底愛意深
深山登高望春遠
遠行至親情至真

清明夢遊返虹橋
回首九年路遙遙
人生本無苦與樂
漫漫長夜終破曉

清明日夜思親情
情到深處觸心景
景物依舊人已遠
遠登高山愛伴行

2012 年 3 月，上海虹橋機場。最終我們還是在這裏永別了，一個我們曾經初遇的城市。九年已過，舊地重遊，訣別虹橋。這裏是我們最後一次在這個時空相見的地方。今天的虹橋機場，已經與九年前大不一樣了，幾年前經過一番重新的改建，我已經幾乎找不到當時來的路。在我腦海裏還依稀記得，那時父親的一位朋友開車送我來這裏。父親在，王兄等也在，車就停在送機大堂門口。父親笑着和我說，回去問候媽媽、弟弟，還有珊珊。「告訴他們，我很快就會回來的。」我像每次和父親分手時那樣，心情是輕鬆的，輕輕地笑一笑，沒有握手，沒有擁抱，就這樣再見。

再見了爸爸，原來那是我們在今生今世，最後一次的見面，最後一次的分手。九年已過，但是這一幕最後分手的情景，真的是永永遠遠地嵌刻在孩兒的心坎上。

我們的人生，走到這裏，還是要繼續走下去；我們的明天，就是由無數個昨天堆積而成，更有數之不盡的回憶彙集而成。沒有了昨天，我們又怎麼會走到今天呢？回想那一次，是父親堅持要我來出席好友為他舉辦的盛宴。只有短短的兩天一夜，我還嚷着算了吧，時間短促，不來了吧。但是父親卻說，來呀，不是你也有時間嘛。過來出席一下，會很熱鬧的，介紹你認識一些新朋友……如果孩兒知道這是最後一次與您歡聚，我肯定會毫不考慮地來。而且甚至一來就不走了，一直陪伴着您，照顧着您。工作甚麼的，小家甚麼的，我都願意放下，我都可以放下。還好當日我來了，要不後悔終身了。

自父親離開以後，我總是感覺到，對他的孝順不夠，對他的照顧不夠。有時回想那時會在他面前發脾氣，說說這些，說說那些，常有所抱怨。他呢？他卻從來沒有怪罪於我，從小到大從來沒有責罵過我。我們父子之間的感情也好，關係也好，距離也好，可以說是很近很近。但同時我們又長時間相隔很遠很遠，我們在一起的時間不多，但我們聊的很深。每次父親回港總把他的所見所聞以及遇見的人、事、物等娓娓道來。而我呢，也總好奇地問東問西，尋根究底。這一切的一切，彷彿就在昨天。父親往返內地與香港，我去接送，機場、火車站、大巴站……他來我家看望媳婦及兩個小孫女，我們坐在一起吃飯喝酒聊天，然後我送他回家……每次父親回來總訴說着許多不同的新鮮事，但總有一個不變的話題 —— 最近如何了？準備一下出來幫爸爸做事好嗎？而我總是貪圖安逸，自私地只顧小家，用尷尬的笑婉拒了他一次又一次的提議。直到他離開了，才痛定思痛，悔不當初。

沒有擁抱，甚至沒有握手，更不要說親吻，就這樣與至親永別了。印象中我從來沒有對父親說過我愛他，直到他離開了這個世界，我才真正體會到，他對我一生的影響有多大。他的離世令我迅速成長，我扛起所有他樹立起的大旗，做任何事情都為了告慰天上的他。藉着清明時節，登上高山，大聲疾呼，爸爸，爸爸，我愛您。相信他在天上一定會聽到的。

2021 年 4 月 12 日

美好的事情永不消逝

歡樂的彼岸

公公走了
我們又能怎麼樣呢
臉上的淚水　伴着心底的哀歌
看着他　難過得不捨得

公公走了
看　他在彼岸多快樂
身上一切的痛楚　早就沒有了
舉着酒杯　笑着盡情的喝

天上人間真的不一樣
不用去苦思冥想
閉上雙眼　藍天白雲　隨夢去遨翔

穿梭在人間的大道上
牽掛着天上的親人　一生真情長
思念之曲　永在天蒼地茫中　輕唱

2007 年夏　午後　滬杭高速上

重逢在天上

三月初一　正午
收到您在滬上離開的噩耗
那麼突然　那麼無奈
春雨綿綿　哀號不絕

痛哭吧　痛心的人
年前歡樂的相聚卻成永別
一場世紀疫情與隔離
趕不上見您最後一面

三月的風　三月的雨
怎麼都是三月
至親的人從此相隔天涯

或許重逢唯有在天上
或許您會來夢中看我
但此刻我只想再去日月星探望您

2021 年春　清晨　九龍仔

上月中突接噩耗，年逾九十歲居於上海的姑婆離世了，不禁悲從中來，難以自已。一場世紀疫情與隔離，不能見她最後一面，送她最後一程，痛上加痛，萬分自責。姑婆一生愛護家庭，珍惜親人。她生長在上海，工作生活也在上海，最後也在這座令人驕傲的城市離開了世界。

姑婆早年婚後並無子女，對父親等十兄弟姊妹珍愛有加，視如己出。到了我這一代，她更是萬般寵愛，千般關懷。記得幼兒時，每逢週二姑丈公休息，週一晚兩位長輩便帶我去他們住在上海武康大廈的家中小住。週二大清早，姑丈公便去排隊買我最喜歡吃的湯包做早餐。上午他倆帶我去附近公園遊玩，下午便留在家中講故事給我聽。姑丈公是「兩航」起義人士，愛國愛家，閱歷又豐富。那時他常常講給我聽一些歷史上愛國人物的事跡，屈原、岳飛、文天祥等等。他經歷過戰爭年代，特別珍惜和平，他告訴我，有國始有家，沒有一個人是可以不愛自己國家的。回首往事，原來那些美好的事情已過去了近半世紀，情何以堪啊！

2007 年，姑丈公在上海仙遊了，剩下姑婆一人。2012 年父親離世後，我決定回上海工作。這幾年在上海工作期間，工餘我總會去探望姑婆，與她閒談聊天，說說工作，聊聊家常，心情輕鬆愉快。記得有一次，她突然告訴我，她夢見姑丈公同父親一起在宴請朋友，當時場面很熱鬧……我聽後頓時熱淚盈眶。還有一次內子及小兒放假，隨我去滬上探望她，她開心得忘了陳年腳患不便於行，竟然下床走了出來。細心回想，美好的事情皆成往事。不過，這幾年來與她見面的次數，比過往三十年還要多，我是否也該滿足呢？雖然以後不能再見到她，但起碼她在時，我是如此珍惜與她相聚的每一刻。現在應該拭乾眼淚，放下哀痛，於千里之外笑着與她告別。

記得父親生前曾與我聊天，他說人生中很多美好的事情是不會消逝的，因為只要你用愛去經歷，用心去記憶，這些事情如清風明月般永留在你的腦海中。如果你真的深怕有一日記憶力會衰退，會忘卻那所有美好的事情，那你便要及時將其記錄下來。用你的筆，用你的電腦，用你的文字及影像，利用所有新科技帶給你的便利，記下你一切珍之愛之的人事物，那一刻你肯定已戰勝了時間，而所有美好的事情永不消逝。

2021 年 5 月 23 日

五代同心，愛國愛家

吾祖遺言猶在耳
以忠代孝解民愁
先國後家傳承愛
五代同心譜春秋

美國總統甘迺迪（John F. Kennedy）曾經有過這樣一句名言：不要問國家為你做了甚麼，而要問你能為國家做甚麼。（Ask not what your country can do for you, ask what you can do for your country.）美國的歷任總統在奏起美國國歌的時候，都會把右手放在左胸上，他們是要讓世人看到自己是如何深愛着自己的國家。作為一個中國人，我們也沒有任何理由不去愛自己的國家。

香港作為一個屬於中國的城市，在歷史的長河中，由於滿清政府的腐敗，在鴉片戰爭後，被迫接受了英國政府的不平等條約，割地賠款，百年屈辱，幾代滄桑。但是，香港與中國從來就是不可分割的，在被殖民統治的一百多年當中，絕大多數香港人都是深愛着自己的國家。

戰爭令中國割讓香港，同樣也是戰爭令中國人民陷於水深火熱當中。在抗日戰爭中，四萬萬軍民，愛國愛家，同仇敵愾，共抗倭寇。曾祖父一介平民商人，毅然獻出了兩艘各為四千多噸的巨輪，自沉於江陰口與寧波灣航道以阻止日海軍長驅直入，沉船阻敵報國，為政府爭取了黃金的撤退時間。

祖父從小深受曾祖父的愛國主義思想教育影響，在新中國成立初期，響應周恩來總理號召，將大量外匯抽調回內地，並在上海建立「新中國電瓷廠」，為建設新中國出資出力。上世紀六十年代，為維護家族權益，祖父在日本狀告日本國政府，追討另兩艘於戰爭時期被日方毀掉的巨輪損失。祖父自 1948 年移居香港，直到 1992 年在香港離世。他一直都稱自己是一個堂堂正正的中華人民共和國合法居住在香港的公民。他一直拒絕加入英國籍，而且直到他離開這個世界，都是手持一本「香港身份證明書」（俗稱 CI）作為旅遊證件。

家父用他自己的話來說，是在一個噴薄着愛心的大家庭裏成長的。他從小就立志，要為國為家奉獻自己。事實上在他的一生中做了三件令他及他後人感到驕傲的事。在他領導主戰下，打贏了一場跨越世紀的國際訴訟官司，為民族家人出了一口氣。他深愛着自己的國家，希望能在他這一輩人身上看見國共第三次合作，國家和平統一。為此以香港民間人士的身份奔走於兩岸，自 1988 年始，為兩岸破冰之旅貢獻力量。1992 年受上海宋慶齡基金會之託將上海少年兒童的書畫作品帶去給台北的小朋友，同年又組織「愛心文化團」，帶領一百多位台灣教師家長學生來內地參加六一國際兒童節慶祝活動。他一生推崇孔子思想學說，以忠代孝，先國後家。1989 年在上海文廟捐獻孔子銅像，並多次在兩岸三地的曲阜、上海、香港及台北舉辦各項大型國際性孔學活動。他也曾經說過，作為一個出生在上海的中國香港人，1997 年香港回歸，令滬港兩地的距離更近了，兩地的發展一定能比翼雙飛。

曾祖父、祖父、父親，他們三代人都已離開了這個世界。但相信他們那種忠誠堅毅的愛國精神，一直會影響着我和我的孩子們。

我除了要告訴孩子們祖輩的愛國愛家故事，我更要告訴他們，看見國旗要尊重，聽到國歌要肅立，我們無論是在哪裏，都是中國人。

2021 年 6 月 23 日

吾心自有光明月，千古團圓永無缺

去年中秋陰復晴，今年中秋陰復陰。
百年好景不多遇，況乃白髮相侵尋。
吾心自有光明月，千古團圓永無缺。
山河大地擁情輝，賞心何必中秋節。

《中秋》明・王陽明

2012 年中秋節，父親首次缺席了，是年春天他離開了這個世界。今年中秋節後追月日，岳父也去了另一個世界。哀愁墜入秋分中，人心日夜難輕鬆。中秋節月圓人缺，唯有天上人間再寄相思。古往今來，月圓月缺，佳節復往。有人說月亮最孤獨，確實如此。但是，這種孤獨何嘗不是一種幸運呢？她只有自己，故不用因失去至親而悲哀；她獨自一個，哪來悲歡離合呢？

自父親離世後，我一直在悲痛中學習原諒自己，並更為珍惜與親人、師長、朋友、同仁每一刻的相聚。生命中的人、事、物，在那些特定的時間地點相遇並非偶然。冥冥之中總有些安排，芸芸眾生為何偏偏就我們成為夫婦，有了內子便有了泰山。岳父對我錯愛信任，將他的二女兒交託我這個「外江佬」（粵語意謂外省人）。他的恩情是我有生之年也無法回報的。我的三個孩子，他更是寵愛有加，剛好大女兒是他七個孫兒女中最大，是個小隊長。而小兒子是

「七小福」中最小，跟着大他二歲多的表哥常常圍着公公轉。岳父最喜歡每個週末帶着兩小孫到處遊玩，買遙控車、船及飛機，盡享「海陸空」大巡遊之樂。

佳節後親人突然離世，整個家族都陷入悲痛中。中秋是中國一個傳統的大節日，人月兩圓，都是大家美好的期盼。可惜人生總有遺憾，世事豈有盡圓啊！唯願逝者安息，生者堅強。想來自己這次應該會更堅強地好好安慰家人，緊靠擁抱，互相保重，彼此照顧。好像自以為曾經滄海了，應該能夠從容面對了。但是不然，當一個人獨處時還是有那種千般不忍，萬般不捨的痛惜之情。前塵往事，總會不自覺地湧上心頭，浮現眼前。

岳父與我在世間近三十年的情分，初識時稱他 Uncle，婚後改叫 Daddy。他生於斯，長於斯，年輕時便加入警隊，直至 1997 年退休，服務香港警隊三十多年，其中在黃竹坑警校時間最長。工餘他組織警校福利部、足球隊及書畫班等，為當時的警校教職員及學警增設了多元化的工餘課餘健康活動，退休時得到洋校長的嘉許獎。岳父為人真誠耿直，愛憎分明，對親人朋友常無私奉獻，讚譽之聲早已傳遍警校內外。他勤於工作，將三女兒扶育成才。他視我如同親子，人生路上，教導引領。他期望香港能邁出陰霾，再創奇跡。

明月清風，亙古常存，親者聚散，亦復如斯。我當以感恩為祭，心中有愛，握筆訴情，珍惜眼前人，努力向前奔。照顧好母親、岳母及妻小，不負兩位父親在天之靈。想到每年中秋佳節，吾心自有光明月，千古團圓永無缺。

2021 年 9 月 29 日

看着你勇敢的哭

當你勇敢的哭
換來聲聲喚呼
喜悦讚美化成音符
溫暖着彼此
看你雙手輕舞
好夢緊緊握住
擁抱着你那種滿足
就叫作幸福
每個生命的故事
都在期待中開始
愛是你最美的名字
你是我的天使
……

《你是我的天使》
齊豫演唱，李壽全作曲，武雄作詞

每一個人都以哭聲來到這個世界，少數嬰孩若呱呱墜地時沒有哭聲，接生的醫生也會打他一下屁股，讓他大聲哭叫，顯示一下生命的氣息。想必哭是與生俱來的，小孩子肚子餓了會哭，不舒服了也會哭，不開心了更會哭……不過在成年人的世界，絕大多數人都會把哭收藏起來，因為在大家固有的觀念中，當眾流淚是一種軟弱的表現。常言道男子漢大丈夫，流血不流淚。如今巾幗不讓鬚眉，婦女也能頂半邊天。那些政界女領袖，跨國企業女高管，女科學家、女藝術家及奧運女金牌選手，都是女中豪傑，領導群雄，性情尤烈，遠勝漢子，有淚絕不輕彈。在現今社會當中，大家總把自己的感情封存起來，生怕錯付真情。親情、友情、愛情，這些世間最珍貴的情義，好像在世俗人的眼中總敵不過名譽、地位、錢財……君不見親人反目、夫妻離異、朋友失義，為的不就是那些名利權色，房產現金嗎？無奈之餘，更多唏噓。

但是，無論怎麼說，人總是感情的動物。每一個人總有真情流露的一刻，或被愛觸動的瞬間。這種情感總會在你心中徜徉，或是轉瞬即逝，或是永難磨滅。親情友情愛情，無從計較孰重孰輕，因為都是真情。

秋去冬來，至今還記掛着深秋與至親訣別的片段。一個人的離開以及之後的一些安排，彷彿總有一種天意在引領着你。親人安詳的遠行，從這一個世界去到另一個世界，從此擺脫病魔的糾纏，醫治的苦痛，拍拍翅膀，騰雲駕霧，飛去歡樂的彼岸。他肯定不想見到每一個愛他的人在痛苦中流淚，難捨他的離去。「振作吧，親愛的家人，我會去你們夢中探望你們的。」沉思至此，我似能從哀痛中走出來。但枕邊人呢？看着她夜夜悲從中來，湧出的眼淚止也止不住。晨起拭乾眼淚，努力工作，好好生活，晚上又淚如雨下……追悼會上她代表家人致辭，之前她告訴我，在眾親戚朋友面前，她一定會堅強地忍着眼淚，以感恩為祭，把稿詞讀完。相信在天上的父親，也一定不希望她過於悲傷，深盼她為大家帶來安慰。尤其是至愛的母親，更要倍加照料，多多關心。聽着她清脆明亮的聲音，一字一句地把父親的一生以及心中對父親的思念娓娓道來。字裏行間猶如電影畫面展現在大家面前，說着說着一滴眼淚從她眼角滑了下來，接着眼淚仿似決堤洪水……我看着她勇敢地哭，我的心反而如釋重負。我們雙目互望，彼此都看見眼中的淚水。此刻大家都含着眼淚與親人作最後的告別，送上最後的祝福。

人的一生，有喜怒哀樂，更有悲歡離合。誰都知道從出生的那時就已注定會有離世的一天，因為人在世界上的一段旅程是有時限的。希臘著名歷史故事《木馬屠城》（*Troy*）裏有一段情節，阿基里斯（Achilles）對布麗賽伊斯公主（Briseis）說諸神都羨慕人類，因為人會死去，所以人特別珍惜他們活在世上的日子。死亡並不可怕，可怕的是沒有好好過這一生。有人說，人生並不苦短，活着就是精彩。想來尤其是在現今環球疫情肆虐之際，我們每個活在當下的人都該好好保重身體，珍惜生命，莫負今生。

如果此時此刻你真的想哭的話，那你就勇敢地哭吧。相信精彩完整的人生必定包含着你美麗的眼淚。

2021 年 11 月 22 日

退步原來是向前

早春二月，乍暖還寒。第二十四屆北京冬奧會圓滿閉幕了，中國向世界交出了一張靚麗的成績表。在全球疫情尚未穩定之時，如此大規模國際體育賽事得以順利完成，此與國家在背後付出的巨大努力是分不開的，同時也使得少數抹黑言論不攻自破。

北國之春，喜氣洋洋，唯南隅小島元月始愁雲密佈。奧米克戎（Omicron）趁虛而入，並無情的在社區擴散，確診人數不斷以幾何級攀升。曾經是亞洲最優秀管治團隊的特區政府，面對突如其來的疫情，手忙腳亂，不知所措。雖然也頒佈了一系列防疫控疫之禁令，但卻無立竿見影之顯著成效。首當其衝的是老幼患者及前線醫護人員，他們的生命健康受到巨大威脅，而特區醫療系統也近乎癱瘓。在二月最冷的日子裏，年長患者等竟然在醫院門外寒風淒雨中等待入院。此時此刻，情何以堪？

猶記得中學時代，父親公幹回港，看見我在為應付校內考試背誦古詩詞。他便即興給我講了一首唐朝布袋和尚作的「插秧詩」：

手把青秧插滿田，
低頭便見水中天，
心地清淨方為道，
退步原來是向前。

他說，其實一些得道高僧並不是高高在上，只懂焚香念經的。他們從現實生活中學習並領悟佛法，這首詩告訴我們插秧的農夫低頭也能在水中看見青天，他們一步一步後退，從後退中便能把整片稻田插滿，完成工作。詩中寓意淺而易見，世間並不是所有成果都是從挺進中獲取的。

那時候父親在港的每一個週末，除了帶我和弟弟去書店逛逛買書之外，便喜歡帶我們去看電影。《驚天大刺殺》(JFK) 是一部由奧利華史東 (Oliver Stone) 執導，奇雲高士拿 (Kevin Costner) 主演的好萊塢荷里活大製作。當年我們觀看後，父親更講了很多關於甘迺迪 (John F. Kennedy) 總統的一些真人軼事。在古巴導彈危機中，如何急中生智避開國內好戰的軍頭及中情局，私下派其弟與當時的蘇聯秘密協議，並同意撤回在土耳其部署的導彈，換取蘇聯從古巴撤回所有武器，於上世紀六十年代避免了一場世界大戰。其時在甘迺迪與赫魯雪夫 (Khrushchev) 各自的退讓中，令世界和平向前跨進了一大步。

回首往事，歷史發展的軌跡何其相似。當俄烏戰事仍在蔓延着，美俄烏等領袖是否具有超凡睿智，化干戈為玉帛，減少生靈塗炭呢？如今父親已離世十年了，倘若他在耳聞遠方的戰禍，眼見面前的疫情，還有這個他深愛的城市深陷今日之泥沼，又會作何感想呢？

香港有所求，國家必回應。醫生專家、醫護人員，醫藥用品，糧食蔬菜，食用品等等，已經從水陸兩路源源不絕地從廣東省等地送達香港。香港應該重拾信心，果斷決策，切實執行，救人第一，刻不容緩。全民檢測找出源頭，即刻隔離，速戰速決，切忌拖延，以實際行動證明退步原來可向前。

2022 年 3 月 13 日

信

已是穀雨夜
不應這麼冷
或許寒入心
唯有讀信靜

前幾天收到大女兒由大洋彼岸寄來的一封信，拆後細閱竟老淚縱橫……

信，你有多久沒有提筆書寫寄去遠方呢？信，你有多久沒有收到至親家書呢？想來此刻我是幸運的。

寫信對於當下的現代人來說，好像已是一件古老的事情了。進入千禧新時代後，通訊科技日新月異，發展一日千里。不要說寫信，就算是電報、傳真都已是上一世紀的產物了。今天一部智能手機已具備了通訊、上網及各種各樣社交媒體，五花八門遊戲娛樂等。視像電話、Zoom 會議使得世界仿似只有時差，並無距離。誰還會寫信呢？

但是，當你攤開信箋，執筆於手，想起遠方那個叫你日夜牽掛的人，千言萬語頃刻間湧上心頭。紙筆訴衷情，天涯咫尺近。書信的往來需要時間的推移，略去即時的回應，充滿等待的驚喜。盼望着他／她收信細閱的一刻，想像着你我異地同夢的交流。有時候慢下來才能品味人生的細節，即愛的真諦。父親與祖父於上世紀五十年代至七十年代，滬港分隔二十一年間，父親寫了五百八十八封信給祖父，每一封都有編號。可見他們父子之情如此深厚而豐富……可能寫信也有些遺傳基因吧。

「親愛的爸爸：您好。今天我大學畢業了……感謝您同媽媽對我的養育之恩，栽培之情……」因為疫情及其他，錯過了前赴異國出席大女兒畢業典禮，難掩悵然之情。唯女兒捎來的家書卻令我既意外又驚喜。她除了感激父母哺育培養，亦安慰老父不要因缺席她的畢業禮而自責。同時，她亦報喜說已順利考取碩士班，全日制一年多可修畢，到時歡迎爸媽弟妹都去觀禮。原來上天總會給世人一些盼望，或許昨天失去的，明天有望失而復得。

信有明天，今天才會不停的努力付出。沒有甚麼比期待更能令人充滿愉悅與熱情的。一封來自遠方的信驅散了近兩月來因滬港工作與生活上的低落而帶來的陰霾，看看都已過了小滿，大家理當憧憬着夏收的殷實，風雨過後必見彩虹。

2022 年 5 月 31 日

夢

先人夏夜入我夢
解我別後相思濃
新月彎彎路漫漫
悠悠歲月共從容

每個人都會有自己的夢，日有所思，夜有所夢，或者是念念不忘，必有回響。不過這只是一種說法吧，因為有些人終日無牽無掛，可夜來多夢，前世今生，生人亡者皆入其夢。現實中存在的夢正是如此，無從解釋。

父親是一個多夢的人，他常常喜歡與家人分享他的夢。他甚至更將一些夢記錄下來，並戲言看看他日會否夢境成真。在他夢中出現最多的便是戚友親朋，有先人祖輩，也有身旁之人，間中亦有中外名人。夢境也是時空交錯，穿越古今。「夢中人」在他的描述下總是栩栩如生，活靈活現，從衣着、神情、對話，甚至動作，只要父親記得的，他都鉅細無遺地與我們分享。從他的經驗所得，夢醒一刻必須將整個夢境回想一遍，若非如此你是不會記得夢裏之情形。

上世紀八十年代，父親只要在港，每到週末就會帶我和弟弟去看電影，而我們最喜歡去的一家電影院，便是在銅鑼灣的碧麗宮。那是一家當時非常豪華的戲院，雖然票價略貴，但是場內環境、銀幕乃至座椅都是最好最先進最舒適的。記得我們在那裏觀看過一齣荷里活大片 ——《時光倒流七十年》(*Somewhere In Time*)。這是一部改編自李察 · 麥瑟森 (Richard Matheson) 小說《重返時刻》(*Bid Time Return*) 的電影。戲中男女主角是其時正當紅的金童玉女,基斯杜化李夫 (Christopher D. Reeve) 及珍西摩爾 (Jane Seymour),而劇情正是描述男主角通過其夢境回到了七十年前,與自己曾經相戀的情人重逢……看完此片回家,父親又與我們大談其對夢的一些見解。

父親在他書桌案頭放着一本厚厚的書,在他工作之餘,或者在處理一些生意上難以解決的問題之時,他會暫停下來,打開此書,翻閱細讀。這是一部奧地利心理學家西格蒙德 · 弗洛伊德 (Sigismund S. Freud) 的名著《夢的釋義》中文版,又名《夢的解釋》。作者在書中主要論及夢是一種存在於潛意識的活動,是現實中實現不了和受壓抑的願望的滿足。父親對於這種論點持開放態度,唯他也曾提到中華數千年傳統文化當中,也有細述對夢的看法,其中易儒釋道思想體系與夢有着千絲萬縷的關係。中國最早對夢的記載是在後來成書的醫學經典著作《黃帝內經》中,而《周公解夢》則更為全面。中國自古以來對夢的研究主要分文學、哲學和科學描繪三方面。科學描繪就是以心理學為主,它與西方學說有點不謀而合。但父親認為在整體上中國人與西方人對夢的理解還是存在較大的差異。譬如說,如果我們夢見先人,在某種意義上我們會理解為先人入我夢,解我相思濃。或報喜或報憂,來年祭祖多上兩炷香。西方人應該不信此說吧。

父親已離世十年,如今偶爾想起他曾說過的話,有些深具哲理,回味無窮;有些則頗為生動有趣,忍俊不禁。或許是遺傳基因的一脈相承，十年來我夢見他無數次，內子、女兒們也曾夢見他數次。唯令人嘖嘖稱奇的卻是，父親總在一些特殊日子出現在我們的夢中，令大家喜出望外。這些在特定日子中，來自先人的「探訪」，或曰天上人間的互動，相信中西釋夢者都無從解釋吧。

夏日炎炎，昏昏入眠。想來夢不一定盡是美夢，也會有噩夢。假如你從噩夢中驚醒，你一定會慶幸它只是南柯一夢而非現實。但若現實中真的出現了噩夢，請謹記不要懼怕，不要退縮，沉着應對，它總有過去的一天。相反當你從美夢中醒來，必定會患得患失或若有所失，你肯定與至愛親人重逢相聚的美好片段戀戀不捨，夢醒時它們頓成幻影。不過你還是要明白，夢境也好，現實也好，總會有甦醒和過去的時候。

唯有每天感恩珍惜、努力奮進，才是對逝去及在生之夢裏夢外人最好的回報，而所有美好時刻將浮現眼前，永存心底。

2022 年 8 月 2 日

父與子

處暑假日已遠
近賞晚霞繾綣
回歸勞役可期
人生細流涓涓

星期六，與小兒前往黃埔花園參加其所屬學校，聖公會奉基千禧小學的「親子競技日」。沿途坐在副駕座位的他，興奮地告訴我他學校的一些環境設施，還有他在校的一些趣事。其實，我對他的學校還是蠻瞭解的，尤其是近兩年不用趕着回內地工作，有時間便常抽空去接送他。而學校的校長、副校長、主任及老師，甚至校工都非常和藹可親，平易近人。他們關心學生之餘，也常常與家長聊聊學生在家的生活情況。家校間便多了一層親近，少了一層隔膜。是次「親子競技日」正是由學校的家長教師協會主辦的，想來在近年疫情肆虐的特別時刻，大家都想盡方法爭取時機在可管控的防疫範圍內，為學生多舉辦一些有益的活動，令他們在此抗疫時代，身心也能得以健康發展。

回到學校喜見校長、副校長、負責活動的老師，當然還有家教會委員們都早已抵校，並完成了各項競技活動之準備工作，包括場地佈置、人員及器具安排等，活動更聘請了校外專業外展機構到校主持。學生及家長難得同場合作，每組都積極投入，爭取佳績。

競技日共有四項活動，分別為：「漫遊抱一抱」、「夾三明治」、「你帶我行」及「線上傳情」。這幾項活動都是讓家長與子女能有更多肢體上的接觸及親近，並增強彼此間之信任度，最終通過合作達致順利完成活動。例如「漫遊抱一抱」及「夾三明治」是家長與子女透過自行設計的方法，兩人夾着氣球由 A 站至 B 站。「你帶我行」及「線上傳情」是需要其中一方蒙眼，並由另一方用手指碰手指，帶領前行，之後在最短時間裏用紙杯和線做成「傳聲筒」，各自向對方說出心底愛的話語。

大半天的活動，眼見小兒子與其他同學及家長們都玩得盡情盡興，不亦樂乎。感恩學校為學生全心全意的安排各項課外活動，自己也慶幸能與小兒子在活動中加強聯絡，增進感情。在競技場上父與子攜手共進，爭取勝利。

回想自己幼兒時期，父親帶我去的最多的地方就是「新華書店」。在上世紀七十年代的上海，平時甚至假日並沒有太多的娛樂活動。每逢父親休息日，他便會帶我去靜安寺的「新華書店」。他會和我一起選圖畫書、連環畫及小說。買回家仔細閱讀，記得當時有的書看了一遍、兩遍甚至好幾遍。那時候最先接觸中國的四大名著便是由連環畫開始，《三國演義》、《水滸傳》等一冊冊的連環畫都是自己最珍愛的。後來沒多久便移居香港，居然一箱一箱的連環畫都帶了過來，直到今天還完整無缺的存放在書房內。

時光荏苒，往事萬千。看着小兒子歡樂的成長，自己對其總會充滿無限期許。想來自己不也曾經是父親當年的希望嗎？父與子深深情意代代傳承，父親窮一生之努力完成了祖父及曾祖父的遺願。而我呢？如今一直在想，總不要辜負那一位生我育我教導我引領我人生的人。即使他現在已不在我身邊，但在每一天日常的生活中，他彷似仍在牽引着我，影響着我。每一個悲喜哀樂的夜晚，或是那些特別的日子，他又會進入我夢鄉，來探訪我，撫平我的傷痛，帶來更多的盼望。那改變過去的能否為今天帶來改變，甚且為締造明天更多夢而改變今天呢？相信答案是肯定的。父與子，子與孫，因心觸動源於恩，心必受之方為愛。

2022 年 8 月 17 日

詩

我住長江頭，
君住長江尾，
日日思君不見君，
共飲長江水……

《卜算子》宋 ‧ 李之儀

小時候，還未上小學，外婆便教我背詩詞，她更將那些句子譜上曲調，教我唱誦，助我記憶。外婆是山東人，戰火烽煙中隨外公一路南下，最後在上海工作定居。她是一位畢業於齊魯大學的藥劑師，除了工作，與外公一起養育了七個子女。外公晚年抱恙卧床，也是由她一手照顧的。用現在的話來講，她是一位名副其實的女強人，2009 年以九十多歲高齡於上海離世。

外婆是最疼愛我的人，在那個物質匱乏的年代，她依然常常買很多零食及書畫冊給我這個長孫（甥）。但更重要的是她講給我聽很多滲透着人生哲理的小故事，當然還有那些美麗的詩詞歌賦，教我常記心頭。

詩，或許你我他心中也至少會記得一兩首吧。小時候背誦唐詩宋詞琅琅上口，年輕時愛上新詩喜歡直接了當地表白情感，現在甚麼詩都鍾意，因為每一首詩都有其內在的情誼。想來詩必定是與情捆綁在一起的，正如我一想到詩詞便會記掛起外婆。

我是天空裏的一片雲，偶爾投影在你的波心……

年輕時特別喜歡新月派徐志摩的詩，讀大學時選修了中國文學，還特別為此寫了一篇文學評論。徐志摩的一生就是圍繞着情與詩，還有三個女人，可惜他意外早逝，英年葬身雲海。如今他的那些不朽詩作便是他留給世人最好的禮物。

人生得意須盡歡，莫使金樽空對月，天生我材必有用，千金散盡還復來……

隨着年紀的增長，工作的轉變，有好長一段時間與酒邂逅。每每餐前酒後腦海中總會浮現李太白，他的才情、詩意、酒量都渾然天成，獨步天下，古往今來誰能匹敵？

……俏也不爭春，只把春來報。待到山花爛漫時，她在叢中笑。

偉人的詩詞與墨寶自成一家，題材豐富，有些意境深遠，有些委婉含蓄，更有些氣勢磅礴，甚且切合時政，雄才偉略者文采飛揚，古往今來執政者中堪稱第一。

現今，縱使人類社會文明進步，科技發展一日千里，日新月異。元宇宙、AI、ChatGPT 等等林林總總智能化技術，一浪接一浪地湧向我們。但是，前人的智慧與功績，我們還是望塵莫及，相形見絀。那些文化經典記載着歷史的傳承，嵌刻着時代的印記。尤其是用筆墨揮灑而就的詩詞歌賦千古佳作，更叫人為之動心動容，觀前閱後時而心曠神怡，時而熱血澎湃，時而又興奮莫名。

詩，你一定也喜歡的。

你歡喜愉悅時，詩也欣喜若狂：

好雨知時節，當春乃發生……

你孤單寂寞時，詩亦暗自歎息：

千山鳥飛絕，萬徑人蹤滅……

你悲痛哀傷時，詩又為你垂淚：

春蠶到死絲方盡，蠟炬成灰淚始乾……

詩，肯定是你心意情緒的反射。有時或許你也好想寫一首詩去訴盡當下人生之甜酸苦辣，或是想用詩取悅那位令你痴狂之眼前或心中人，甚至酒到微醉心盪漾出口成詩，下筆成文，這又何嘗不可呢？

2023 年 3 月 19 日

她

她信春夢詩
詩情解相思
思念起立夏
夏至愛又至

上世紀九十年代初，父親與法國友人在香港合組 PHK 公司 (Paris HK)，將法國時尚雜誌《ELLE》引入香港，繼而進軍大中華地區。當時 PHK 取得法國方面授權後旋即與香港怡和集團 (Jardine Holdings) 旗下出版公司合作，先在港出版《ELLE》中文版。父親與其團隊將中文版《ELLE》雜誌譯名為《她》。

父親憑藉《她》在出版雜誌方面初試啼聲且收獲良多，後來他在港相繼出版了《香港中國經貿報》及《世界與中國》兩本月刊，並都在法國巴黎申請取得了國際報刊號。父親一生在商業經營上涉獵甚廣，有成有敗，唯他似乎並不太介意，一心一意追逐自己的夢想。這完全離不開祖母對他的庭教與信任，相信祖母必定是影響父親一生的第一個「她」。

祖母出生於舊上海金融世家，大家閨秀，知書識禮，十九歲嫁於長其兩年、出生航運世家的祖父，其後育有十子女，五男五女。父親排行第四，上有兩姐一兄，下是三妹三弟。聽家中長輩言，當時大家庭中的嬰兒皆有奶媽餵養照顧，唯有父親是由祖母母乳餵大，或許這就是祖母特別溺愛父親的緣由吧。

她，不但給予嬰孩母乳，更緊要的是從小教養培育。始於學校正規教育之先必定是潛移默化、耳聞目濡，潤物細無聲般言傳身教的影響。祖母給予父親所有的愛都離不開教育，忠孝兩全，愛國愛家，上孝下順，兄敬弟愛，以寬待人，律己則嚴……這些中華傳統道德文化之精髓並不只述之於口，也恰恰體現在生活日常中。祖母娘家在當時市中心南市，父親幼時便常跟她去文廟拜孔子，受儒家思想啟迪引領，父親一生都以宣揚推廣孔子文化為己任，於曲阜、上海、香港、台北等地舉辦多次儒商大會。1989 年秋，父親亦以愛國港商之名獲國家有關部門批准，在文廟成功捐獻一座約 1.8 米的孔子青銅像，並由時任全國人大副委員長的周谷城先生親自題詞。飲水思源，不忘回饋，達則兼施天下，窮則獨善其身。在尊孔祭孔的同時也對母愛作出了回報，記得孔子銅像於文廟正式豎立的儀式上，在所有出席的人當中，最開心最得安慰的便是「她」—— 我的祖母。

她，1993 年初，突然在港撒手人寰，當時父親正在台北公幹。父親是受中國殘疾人福利基金會委託，赴台面晤鄧麗君經紀人及鄧長發（鄧麗君兄長），洽商邀請鄧麗君首度入京參加慈善演出之事，結果父親自然是拋下公務即刻趕回港。人生中遺憾的事情總有很多，十多年前父親在滬離世，我也沒有在他身旁……如今，她與他在天國重逢，保佑看顧着我和我的「她」—— 他們的長重孫女（長孫女），在美順利完成商學院碩士課程，並將投身社會。要是她與他都在，那該有多好啊！

她，你也一定找到了屬於你的「她」，她的恩、她的情、她的愛都是你無法忘卻與回報的。那麼，去愛她、去牽掛她、去見她、去陪伴她、去珍惜她……都是你這一生不能留下的遺憾。

情謂何義

情義人生父引航
謂恩謂愛心意長
何須計較人間苦
義薄雲天讚歌唱

「問世間，情為何物？直叫生死相許……」拜讀過查大俠小說的朋友，必定對此句話不會感到陌生。在《神雕俠侶》中，楊過與小龍女絕情谷十六年生死相許的愛情故事，相信一定並不只存在於小說裏。

一直以來筆者都相信，「情」是超然的，更是超越人、事、物、性、慾的。單從中文字面上的解釋這個「情」字，意思是人受了外界的刺激而引起的心裏狀態，包括感情和情緒上。一般我們認識的「情」，主要有親情、友情和愛情。孰重孰輕則見仁見智。

在古今中外的歷史故事裏，我們不難找到許許多多對情義詮釋的例子。諸如說親情的有孟母三遷、木蘭代父從軍；講友情的則有《三國演義》中的劉、關、張結義兄弟，早期四出征戰同被共牀，互敬互愛。論愛情的有牛郎織女鵲橋相會，羅密歐與茱麗葉的《殉情記》，人人都耳熟能詳。事實上在這三種「情」以外，還有一種存在於敵對間的「情」，由於相互敬重，雖然立場迴異，但仍識英雄重英雄。例如《三國演義》中的關羽和張遼各為其主，卻惺惺相惜。二戰時，德軍「沙漠之狐」隆美爾將軍與英軍統帥蒙哥馬利將軍，彼此都很佩服對方的領軍能力。

另外，在更廣闊的層面上，「情」還表現在對自己民族、國家甚至對人類的一種熱愛和奉獻。在我國早期最長的一首抒情詩《離騷》裏，屈原表達了對祖國忠貞不渝的熱愛和對理想的不倦追求，整篇作品閃耀着奇異的浪漫主義色彩。十八世紀英國詩人庫樸 (William Cowper) 也曾說過 —— 神的道路奧秘難測 (God moves in mysterious way)。唯耶穌基督肯定是重情重義的，他捨生取義流出鮮血，為猶太族人甚至世人贖罪 ——《聖經》是這樣記載的。

人生處處都有「情」，每一個人都有自己的「情義人生」。 每當你走過一段路，跨越一個階段後，回看一下可能成敗得失並不太重要，重要的是原來一路走來，身旁有那麼多人在默默支持着你，那麼多情義圍繞着你。西諺曰，You never walk alone (你並不孤單)。沿途有伴，此生無憾！

筆者不由回首前事，匆匆人生數十載，雖也有起伏跌盪，浮沉難過，但自己還是極之幸運的。生長在一個充滿情義的大家庭裏，從小到大耳濡目染盡是情的真諦，潛移默化皆在義的實踐中。每一位長輩親人對我的撫育、關愛、教導、栽培、引領、扶持、造就……相信我就算用一生的時間也回報不盡。 唯如今他們許多都已離我遠去，我想念着在天上的每一位親人，想念着與他們共處的每一刻……想必那時一定比現今更愉悅歡快喜樂，家中的長輩老人都是寶，四代同堂、兒孫繞膝，樂也融融，幸福美滿。

尼采 (Nietzsche) 說，沒有名號的東西沒有人注意 (It takes a name to make something visible)。筆者認為，沒有情義的人生，

沒有人會想擁有。名號算甚麼呢？豈能與情義相比呢？或許正是因為我們處於當下這個愚昧的年代，人人都重名輕情，取利棄義，使得人的醜態完全暴露出來。甚麼金融海嘯、科網爆煲、次貸危機……到如今美國債務違約，這些不就是由人的貪婪和無知而引發的嗎？人類在情感上的退化是因為受到腐敗文明的影響，而文明的腐敗是由於社會不平等的出現。盧梭（Jean-Jacques Rousseau）老早就提出了此精闢的觀念。試想若我們今天都以中國傳統道德文化為準則，大家以禮相待，以「仁」為中心，文行忠信，忠孝節梯，人人重情義，以寬厚建人格；個個輕名利，以仁德樹威望。這樣的情義人生不正是吾輩凡人一生所夢寐以求的嗎？

2023 年 5 月 19 日

別

別了晚春迎夏至
五月天天長相思
期盼歡聚勝歡聚
坦然無奈話別時

別了春天，五月初夏放下滬港工作，遠赴重洋出席大女兒於美東商學院碩士畢業禮。之前因疫情及工作沒能參加她本科畢業禮，心存懊惱。故對此行期待甚殷，也計劃良久。雖説匆匆一週，長途飛行加上倒時差，兩天畢業禮及酒會，剩下在美只有兩天，唯辛苦疲憊無減我興奮愉悅之情。

回想當年大女兒未滿十八歲便隻身離港赴美求學，現在一晃五年多，她已完成本科及碩士課程，且已收到當地幾家公司的工作錄用信，決定先留下工作幾年，爭取社會歷練及工作經驗，為父深感安慰。她自小聽話乖巧，不大需要父母為她操心，就讀並畢業於本港女子中小學，感謝學校及老師的教導栽培之恩，她很早已學會自立。如今又看見她獨當一面，學有所成且回饋學校，為大學出任舍監及推廣大使，義務服務來自世界各地的新生。同時，令我暗自歡喜的是她交了一個真誠、陽光、喜歡運動的男友。彼此尊重，互相珍惜，共同扶持並進步。

相聚短短數天，又到了要別離的時刻，他倆送我去機場，女兒抱着我哭了……我輕言安慰，希望他們好好生活，努力工作。時間會過得很快，不久大家又會重逢的，或許當下就已開始倒數再次見面的日子了。

別了女兒他們，回港又是早出晚歸忙工作及其他。偶爾發現內子精神不振，心情鬱悶，細問之下原來其同窗摯友與病魔搏鬥了兩年多後，在五月二十日這一天同家人永別了。摯友一家與我們一家往日常聯繫與走動，如今與至愛親朋生離死別，彷彿已是每一個步入中年的朋友必然會面對的一大挑戰。如何在哀痛中與己與人相處，並互相安慰保重，各自堅強療癒，已成為我們必須學習的課題。縱有千般不忍，萬般不捨，人要走了，任誰也留不住。

別了今天，還有明天。別了女兒，總在期盼早日再相聚。但別了人生，她的音容笑聲，也只能常存於記憶中。願她在另一個世界安好無恙，家人親友於此節哀珍重。此時此刻別了此地，他日終將於他方再續前緣。人，或許總要在別後才會迅速成長成熟，去成為或成就更好的自己。

2023 年 5 月 30 日

2024，唯願世界和平

一人一心願和平，
止戰息爭利萬民。
聖誕新禧迎春來，
盼到花開世界新。

踏入一年最後的一個月，似乎香港人已習慣了又要度過一個暖冬，穿過大街小巷，白靄靄的人工雪靜靜地停留在聖誕樹上，與衣着單薄的路人相映成趣，維港兩岸溫暖如春已非奇事，但 12 月的上海氣溫也有攝氏二十度上下，着實令人嘖嘖稱奇。

12 月中旬始，回滬工作，同樣感覺到城市熱度。北京此時已落下初雪，友人困於機場被逼滯留，申城卻沉浸在高溫之中。全球暖化，溫室效應帶來的影響依然持續着。早在上世紀八十年代，每連續十年都比上一個十年更暖。相信人類在碳排放及相關事項上還有很長的一段路要走。

滬港兩地不僅距離不遠，衣食住行大致相近，而且都是國際大都市，現在竟連氣溫也差不多要融為一體了。趁着年底前回來完成手頭上的工作，並打算為來年做好規劃。想不到此時小女兒完成大二期中考，突然飛來上海探班，着實令我興奮不已。開車去虹橋機場接她，在接機大堂等候之時，心中念及的以及眼前浮現的卻是她咬着奶嘴的模樣……時光荏苒，盼心勿老。

週末北方的冷空氣終於來襲了，清晨的上海也似乎掉下了初雪。香港出生長大的女孩終於在上海親身與雪相遇了。我戲言相問，有幸福的感覺嗎？她哈哈大笑卻不作答。五日時間，我帶她去了展覽中心、書城、武康大樓及東方明珠塔等地遊走打卡。其實這些地方 2010 年她來上海看世博會時都去過了。不過十多年了總有很多變化 ，眼前的展覽中心不見了鐵圍欄，書城也已煥然一新，而陸家嘴又多了很多新建築物。我告訴她上海給人的感覺就是每一刻都在蛻變，或許是為了迎接更好的自己。父女倆在上海日夜連續相處的時間好像比香港還多，這肯定會令很多爸爸羡慕，畢竟小女已近雙十年華了。我帶她去吃上海傳統西餐並告訴她，老上海人稱此為「吃大餐」，而且這家叫「凱司令」的西餐館也是百年老店了，在電影《色戒》裏也出現過。一頓飯我們可以聊很多，她的生活、學業、在中大籃球校隊的訓練苦樂……突然，她很認真地説，就算看不到真雪，其實她一直都感覺到很幸福。這不僅僅是因為身邊的親人、同學、老師、隊友、教練及朋友們都愛她，而是從更深入的層面來剖析，她覺得自己是幸運的。任何一個小 Baby 都不能選擇自己出生時的種族、膚色、國籍、出生地等。令人不堪想像的是，現在世界上有那麼多的地方還陷在貧窮、飢餓、衝突、戰爭、政權不穩、種族仇恨的漩渦中。2023 年，人類克服世紀疫情，世界稍稍回歸常態。但是各地的紛爭、衝突、戰亂此起彼落，或許比過往更甚之。俄烏戰爭並無緩和、以巴衝突升級為戰事。此外 2023 年網上報導世界上有三十七個國家或地區正處於戰事或衝突中，試想處於戰禍中的平民百姓、嬰孩孤兒，他們正處於水深火熱當中，生命很可能在下一分鐘結束。這樣比對的話，小女兒覺得她實在是太幸運太幸福了。她出生在和平繁榮的香港，不用為生活而憂，心存感恩。她的一番話，令大家的心情都變得沉重了。不過值得慶幸的是眼前的小女孩已不再是吵吵鬧鬧、蹦蹦跳跳、整日要爸爸抱抱的她。哲學家懷特海（Alfred Whitehead）說過，在中學，學生伏案學習；在大學，學生應該站起來，四面瞭望。希望小女兒通過不斷地學習，無休止地去探索這個世界的善與惡、美與醜，認認真真地去理解、認清自己所處的地球。

聊着聊着我對她說，一年又到頭了，大家總要好好檢討反省一下自身生活及工作績效或學習進展，為來年做些規劃，許下心願。不過，看來現在我們都有一個共同的心願——

2024，唯願世界和平。

2023 年 12 月 25 日

雙親

雙親養育庭教恩
孩兒銘記此一生
青葱歲月如夢般
孝道真情愛更深

立夏送春去，踏入五月，忙着為母親及岳母祝壽之後又一起慶祝母親節，母親節後很快六月又逢父親節。這些源自西方的節日，在香港大家早已習以為常，更何況我們中國人也非常重視孝道，大多極之樂意先後為雙親節隆而重之慶祝一番，也為與爸媽歡聚，贈送禮物給雙親多創造一個機會吧。父母對孩子的教養，相信你我都會銘記一生。一位教育學家曾做過研究，結果顯示孩子最初的偶像就是他們的父母，可想而知雙親對孩子的影響有多大。

父親上世紀四十年代出生在上海，成長於一個推崇傳統中華禮教的大家庭，耳濡目染皆是忠孝節悌詩書禮學，入學前祖母教他認方塊字，並手把手的用毛筆寫大字。當時祖母娘家在南市區，附近有座文廟，是祖母時常帶父親去的地方。孔聖人之儒家思想，學説教誨，父親老早就記在心頭。數十年後在港事業有成，不忘回鄉捐獻孔子銅像於文廟。父親從小愛好文學，長期持續作文、記日記、寫信等。年青時他編寫一本「格言錄」，頁首寫着，是生活所生，為生活而活。他在十兄弟姐妹中雖然排行第四，但卻常常順着哥哥姐姐，帶着弟弟妹妹一起孝敬爸媽等長輩。他曾寫道，任小輩如何孝順長輩，都不及長輩對小輩愛的一半。在學校或社區，父親也是一個活躍分子，他喜歡交朋友，喜歡運動，尤其是打籃球。籃球更使他締結了一生美好姻緣。

年輕父親兩歲的母親出生在徐州，戰爭時期隨外公一路南下，最後在上海聖約翰大學安頓下來。母親自小文靜內向愛讀書，於八兄弟姊妹中排行第六。初入學體質一般，外公便將她送去學游泳，想不到青少年時期便脫穎而出，更得到當年訪華的匈牙利國家隊游泳教練賞識指點。後來母親為了學業放棄了游泳，考入區內一間較好的高中，此時父親是高她二級的學長。學弟學妹們都認識父親這位球藝出眾的學長，並常在各樓層教室外的走廊為球場上的競技健兒歡呼喝采。唯父親當時並不認識母親。

數年後，大部分年青人都於社區待業，在街道辦的組織下父親帶領的男子籃球隊在區內區外南征北戰，取得不俗的成績。於是街道馬上又組織了女子籃球隊，並由父親出任主教練，母親是籃球隊成員之一。籃球隊第一次訓練母親就遲到了，那一年，他們正式相識了。

歲月匆匆一甲子，夢裏夢外皆前事。看着眼前陳舊泛黃的黑白相片，年輕的父親笑得開懷，母親相對含蓄。他們衣着樸素，背景是他們後來曾一起下鄉勞動的長興島農場。在一個特定的時代裏，前人經歷的都是我們這一代無法接觸與想像的，那個專屬於他們的年青時代，有美好，有艱辛，有歡笑也有哭泣……沒有雙親的付出、養育及教導，何來我們呢？如今當自己也為人父母時，又該如何教好孩兒，回報父母呢？現在筆者深感慶幸的是母親節仍可攜家小相約弟弟一家與媽媽飲茶歡聚，父親節則只能斟滿一杯黃酒遙祝天上的爸爸一切安好，保佑媽媽安康，勿念不孝子。

此時收音機傳來近日香港一套叫好又叫座之電影《九龍城寨之圍城》片尾曲「風的形狀」：

乘着那風的幻想
離別的故事
散落途上
凝望那天高地廣
沿路寫下我
長夜裏看守甚麼
才值得您為曙光
為明日嚮往
儘管會不安…

岑寧兒演唱，陳詠謙作詞，林家謙作曲

聽着大氣電波傳來的歌聲，想着這道不完的雙親故事，還有那訴不盡的孝道情思。

2024 年 5 月 15 日

扎根香江七十載，美專美育傳承愛

香港有一所美術專科學校，坐落於九龍油麻地彌敦道上。它是由享譽國際的香港「畫壇教父」陳海鷹（1918-2010）於 1952 年創辦的。陳海鷹早年師承李鐵夫大師（1869-1952），李大師曾被孫中山先生譽為「東亞畫壇第一巨擘」的中國油畫之父。

機緣巧合下，陳海鷹有幸拜李鐵夫為師，隨之學藝十八載。師徒二人感情甚篤，共同生活，一起創作。曾於香港、桂林、廣州、上海、杭州、南京及北京等地作畫並廣結善緣。抗日戰爭時期創作巨幅抗戰宣傳畫，為前線戰士作聲援。同時也為諸多名人將軍及基層人士畫像。日本戰敗投降後，兩人即赴廣州舉辦師生畫展，共慶勝利。

李鐵夫陳海鷹兩師徒相差近五十歲，李鐵夫在六十六歲時，收十七歲的陳海鷹為弟子。雖然李大師之前也有不少得意門生，諸如莫華震、伍曉明等弟子，但或許「鐵師」與海鷹長期相處、創作及生活，兩人已逐漸滋生出一種超出師徒情感的的父子情，甚至兩人在相貌上也逐漸有幾分相似。

陳海鷹是一個有情有義，愛國愛家的人。他得到李鐵夫的真傳，而且也一直在老師身邊協助創作、照顧生活。1949 年，陳海鷹為香港美術界慶祝中華人民共和國國慶擔任籌委。同年在李鐵夫的支持下，與廖冰兄、張光宇、王岐、關山月等三十多位華人共同創作巨幅畫像《中國人民站起來了》。此畫後來送往廣州，高懸於愛群大廈外牆，以慶祝廣州解放。

1950 年，李鐵夫希望回廣州生活，陳海鷹親自各方聯絡協助成行。後得廣州華南文聯及廣州美協專程來港接李老師回穗。1952 年 6 月，李鐵夫病逝於廣州人民醫院。陳海鷹擦乾悲傷的眼淚後，果斷決定不負老師生前期望，馬上在港註冊成立「美專」，並獲得耄耋之年的齊白石親筆題名「香港美術專科學校」。相信此塊校匾至今仍是香港最為貴重的題字之一。

坊間用「少林寺」來形容香港「美專」在本港畫壇的地位，相信並非言過其實。事實上「美專」近七十年來，在港培育了萬多名學生，其中有些美育人才在香港甚至海外享負盛名。陳海鷹確實沒有辜負老師李鐵夫對他的一番栽培之恩和提攜之情。李鐵夫是晚清出國學習西洋油畫，並於彼岸美洲畫壇成名的中國第一人。他不但精於油畫，而且具革命進步思想。彼時在美國為孫中山革命活動賣畫籌集經費，是一位名副其實的革命畫家。

陳海鷹飲水思源，感恩老師十八年的教導。為了繼承先師遺志，將其文化藝術理念發揚光大，為中國香港培育人才。他排除萬難，在艱苦環境中創辦了「美專」。其時港英政府及任何商業機構都不會對「美專」有任何支持，為此創辦人陳海鷹校長堅毅不拔地走上一條屬於自己的創校道路。可喜的是幾十年來，香港「美專」培養了一大批具美育專業知識的學生，回饋社會。他們當中不乏成名國際或本港之畫家、廣告界、影視界專業人士、美工設計師、美術老師等等。

陳海鷹校長不但重視美術教育，提出「四美」元素，即美育要美化人生、美化環境、美化生活、美化品德，而且自己也非常勤於創作。他在恩師李鐵夫的薰陶培育下，將西洋油畫與國學國畫融為一體，真正做到了中西合璧，「美專」於中西文化交匯點 —— 香港自然異彩大放。

綜觀陳海鷹個人重點作品名錄，內有油畫（肖像）、油畫（風景靜物）、水彩、素描及國畫等。其中油畫作品《俄國教授》在 1994 年時參加美國肖像畫家協會舉辦的「國際肖像畫大賽」時獲得國際肖像畫家三傑之一獎項。作為一個中國香港人，在國際級西洋油畫大賽中其作品力壓世界群雄，勇入三甲，想必此創舉也是當代港人之傲。

陳海鷹校長 2010 年以九十多歲高齡離世，相信其後輩也必將「美專」承上啟下，作育美才之精神發揚光大。陳海鷹一生記掛師恩，終身回報美術。而他的學生以及學生的學生也必將「美專」之美德美育，真誠情義傳揚天下，不負其恩。

香江小島倘若人人飲水思源，傳恩播情，美德美育，家傳戶曉，明天定更美。

2021 年 9 月 20 日

香港人，中國心，世界情

香港有一家鮮為人知的私人古地圖收藏館，位於銅鑼灣禮頓山道。收藏館有逾二十幾萬幅古地圖及其他圖譜等，創辦人兼館長便是人稱「世界古地圖大王」的譚兆璋教授，一位土生土長的香港人。

五十多年前，譚兆璋從港大畢業，便進入外資銀行計算機程序操作部門。那時因工作需要，經常外派出差，周遊列國，一次偶然的機會令他與古地圖結下不解之緣。年輕的他，於異國他鄉偏僻小巷的一家古董店內，凝望着一張陳舊發黃的古地圖。瞬間他陷入了既虛幻又真實的圖譜世界，眼前雖然只是一張泛黃的古地圖紙，但裏面卻充滿大量的信息、數據、相關地理環境及背後的歷史故事。從此譚兆璋便踏上了購買、收集及研究古地圖及相關圖譜的「大事業」中。

譚教授是一位真正的「圖行者」，為了能在世界各地購買心儀的古地圖，他自學了二十多種語言用來詢問「你有舊地圖嗎？」這個問題。一旦找到心頭好，他不惜將當年幾乎整個月的薪金都用在購買地圖上面。他認為每一張古地圖都能清晰地將該地域附近的經濟、文化、歷史、社會面貌等呈現於眼前。正因為他收藏大量古地圖，包括古航海圖，加上他對此深入淺出的研究，前幾年在釣魚島及南海等問題上，他以自己收藏之數百幅英、法、中等國的古地圖作為證據，從歷史角度來分析證明釣魚島自古就是中國固有的領土。

譚兆璋除了是「世界古地圖第一人」外，早在上世紀七十年代，他也是香港創辦普通話研習社的先鋒。當時為了推廣普通話，他與一班志同道合者創辦了該研習社，工餘為需要學習普通話的學生及在職人士提供日夜班課程，以民間經營的手法為香港社會培養了一大群能說普通話的精英，相信後來他們皆成為了改革開放初期回內地的「弄潮兒」。

譚兆璋教授八九十年代也曾被北京大學聘為客座教授在內地開班授徒，講授國際行政及金融。他也是最早進入內地的香港人之一，總希望以自己一顆拳拳赤子心，為中國做一些事情。值得慶幸的是，他當時的一些學生，現在也在各省市不同的行政機關各司其職，為國為民服務。

譚兆璋不旦心繫祖國，也兼愛世界。十多年來，他將自己部分收藏品先後贈送於世界各地之專業和研究機構，諸如新加坡國家圖書館、香港中央圖書館、香港大學及香港理工大學等。他希望藉此讓海內外年輕人，尤其是華人後裔能從古地圖中多了解世界與中國各方面的關係及重大發展。同時，希望在古地圖保留、蒐集、研究及開發等方面身體力行，承上啟下。

港九維港，東方之珠，彈丸之地，卧虎藏龍。以世界古地圖私人收藏量計，香港譚兆璋被譽為「世界古地圖第一人」，當之無愧！

2021 年 10 月 21 日

老新港人家國情

老新港人家國情
文化交流贏人心
拚盡互利榮與樂
未來已來全勝今

香港由一個小漁村發展到今時今日，成為國際上一顆璀璨的東方之珠。作為一個亞洲國際都會，它在金融及航運等方面的排名都躋身國際前列。在菲沙研究所發表的世界經濟自由度 2021 年年度報告中，香港再摘桂冠，被評為全球最自由經濟體。

眾所周知，香港發展成功的原因離不開天時、地利及人和。在變遷的時代中風雲際會，從轉口港起步，藉南中國海門戶之便捷，得天獨厚的優良深水港，政府政策方面也得到了很多扶持，低稅率及「高三通」，人員、資金及資訊高度自由流通。回歸後的「一國兩制」，港人治港及 CEPA 政策都確保了香港持續穩定並繁榮發展。時至今日「粵港澳大灣區」及「北部都會區」的購思、策劃及推展，給香港的年青人提供了一個更廣闊的向上發展空間。香港五十年不變是不可能的，因為相信到了 2047 年了，香港會更上層樓，越變越好。

香港這座城市的魅力，除了天時和地利外，肯定離不開的是人文要素。香港人作為一個特定的族群，為這座城市添加了有無限想像空間的繽紛色彩。

在香港百分之九十多以上都是中國人，在香港土生土長的人的上一代、上兩代，或者上三代肯定會有些由內地移居過來的人，因為在香港的原居民數量並不多，而且部分都已移居海外了。香港是一座移民城市，每一個不同的時代都有許多內地人移居香港，居住超過七年便可成為香港永久居民了。香港與內地有分割不了的血脈之情，就算在殖民統治時期，港英政府也無法否認，當時香港仍是一個以中國人為主的社會。

無論是內地各省市移居過來的，還是本地原居民，大家都是中國人。在不同的領域和睦相處、互相扶持、辛勤工作、努力奮鬥。為人生事業創下一片新天地，同時也為香港的發展進步奠下基礎。

香港特區董特首、梁特首及林鄭特首的父輩；商界的翹楚諸如早期的包玉剛、李嘉誠、邵逸夫等；文藝界的夏夢、羅文、「開心果」沈殿霞；體育界的金牌教練沈金康、金牌選手李靜、高禮澤、金牌領隊貝鈞奇等等，他們都是曾經的「新香港人」，都在不同崗位為自己及香港打拚。

姚榮銓，是一位在九七年由上海移居香港時已近花甲之年的高齡新香港人。他體魄康健，精力充沛。憑藉智慧與熱情，機遇與資源，在短短二十年間全心全意為滬港兩地文化、藝術、體育及文創產業等各領域活動之交流合作並推動發展，穿針引線，竭盡己力，鋪橋搭路，成績斐然。由他牽頭創辦的「滬港文化交流協會」於九七回歸後（1998 年）在港註冊成立。當時得到一大批愛國愛港之社會賢達鼎力支持，方召麐、何鴻燊、李和聲和金董建平等出任榮譽會長。2020 年，曾為上海「兩節三賽」（旅遊節及藝術節，F1 賽車、網球大師杯及田徑黃金賽）設立港澳聯絡站，為各項大型文化體育交流活動做好推廣宣傳及聯絡協助等工作。

協會近年常組織港澳訪問團，穿梭京滬粵港澳，為相關各領域之合作專案謀劃統籌，整合資源，提供平台，做好服務。主辦、聯辦及協辦了一系列文化、金融、演藝及商務等大型活動及論壇。同時更為港澳年青朋友往內地交流、實習及創業提供專業協助及聯絡相關政府部門、學術機構及企業，務使港澳與內地之交流更緊密、便捷、多元及對雙方都有所裨益。

這一位老新香港人，人老心不老，至今仍身體力行，以民間推動文化等眾領域之交流，促進內地與香港緊密合作。藉中華文化之根，愛國愛家之情，促使香港人心回歸。

我為人人，人人為我（One for all, all for one），香港不分老新，生長生活在這片土地上的都是香港人，而香港與祖國大地是相接相連，相親相愛的。香港好，中國好；中國好，香港更好。

2021 年 12 月 1 日

餘生只爲統一夢

兩岸相隔終相逢
你儂我儂情更濃
今朝團圓手牽手
餘生只為統一夢

「我們做夢也盼着統一。」這是千禧年前觀賞過的一部韓國電影，《生死諜變》內的一句台詞。電影的節奏很快，劇情或有遺忘，唯上面的一句話一直都忘不了。

一個國家，一個民族，一個家庭，一個家族，誰不願意見到自家統一完整，繁榮昌盛，團圓祥和。不分國家地區種族膚色，都是這樣為統一夢一生奮鬥。

范光陵，一位已經九十多歲的中國台灣老人，在當下疫情反覆的大環境下，仍在滬閩台等地穿梭奔走，為的是以中華五千年的傳統文化，將兩岸人民的距離拉近。他常幽默地同後輩們說，希望自己長命百歲，那麼親眼看見兩岸統一或不再是夢了。

現今互聯網的世界，仿似一切都無遠弗屆。上網搜索范老的資料，各種各樣千奇百怪。有說他是范仲淹的後人，書香世家傳承人的第二十幾代；有說其父乃革命先驅中山先生的特別助理。到了他這代，在內地出生，台灣長大，美國求學，後來回台大教書。他自創「新古詩」及「詩意油畫」，又將《孝經》濃縮至一百零一字，更有中英法日語等版本。上世紀八十年代末，自組台灣經貿文化訪問團，打破當時寶島禁令，走訪內地，成為兩岸民間交流「破冰者」。在兩岸廣結善緣，共同為推動兩岸和平統一，身體力行，不遺餘力。

回想去年盛夏，在滬上有幸與范老歡聚暢談。他老人家知識淵博，閱歷豐富，思路敏捷，見到後生晚輩更是關愛有加，無所不談。言談間他不斷鼓勵年輕人要多讀書，多遊歷，與世界多接觸。他自己本身在三十多歲已取得美國猶他州州立大學博士學位，之後在中國台灣地區取得了院士資歷。范光陵雖然在台灣長大，美國深造，但作為炎黃子孫、中華兒女，他念念不忘的便是他的故土。於上世紀八十年代後期，兩岸關係略有好轉之際，他便率團訪問內地。他親言彼時一下飛機，兩岸同胞熱情洋溢，親切握手，千言萬語，無比感觸。他即時有感而發賦詩一首：

海峽四十年
歷史一瞬間
相思如雨絲
落入長江去

言談間老人笑中帶淚，彷彿又回到了三十多年前的那天。是啊，多麼美好的過去，當時大家都盼着回家團圓。我們的國家走過那麼一段漫長的艱苦歲月，歷史告訴我們只有當我們緊緊的團結在一起國家才有力量，人民才有希望。我們不需要懼怕任何外部力量的入侵與干擾，中華民族的統一與偉大復興是任何敵對勢力都阻擋不了的。我們熱愛和平，也深信不疑五千年傳統文化孕育出承上啟下開拓未來的智慧與遠見，必能妥善解決好歷史遺留問題，祖國統一大業指日可待。

回港後，范光陵語重心長的話語一直在我耳邊迴盪並激勵我前行。中秋將至，遙祝他健康長壽，早日夢想成真。

2022 年 9 月 8 日

喜看上海「金庸展」

喜看上海金庸展
書報棋劇皆飽覽
為民護國方稱俠
江湖廟堂齊聲讚

挑燈夜讀等雞鳴
念茲在茲當年情
大俠巨作不釋手
此生愛書才會贏

秋冬假日上海灘，黃葉墜落輕飄散。午後不想和往常般去浦西喝咖啡看書，獨自一人徑自搭上巴士去浦東。行至迎春路，細賞兩旁風景，情隨境移，一週以來工作的煩惱一掃而光，立冬暢開胸懷心迎春。

踏入上海浦東新區迎春路三百號的上海圖書館東館，這裏正在舉辦「金庸展—上海站」。是次展覽是香港特區政府駐滬經貿辦，特別為慶祝香港回歸祖國二十五週年而策劃舉辦的重要活動。展覽會中的三百多件重要展品全部由香港外借至申滬，重現了華人世界文壇巨匠的精彩一生。這些展品內容包括關於查良鏞（金庸）先生的家庭背景、成長歷程、滬港工作遷移、創作小說，小說場景、小說影視化及服務報社到自資辦報等。徘徊於展廳中細賞一樣一樣的展品，恍如進入武林世界，書劍琴棋，鐵畫銀鈎，亦似與查大俠同行，一生匆匆，文章傳世。

人生有太多遺憾的事情，但當年查大俠以九十多歲高齡離世，彼時江湖廟堂對其一生一片讚譽。而他留給世人的那些瑰麗文字、精彩故事、熱血俠義，至今仍為眾人津津樂道。相信這次展覽會將其影響推至更高。

想來還是香港這塊寶地，在歷史特定的時空中為大俠打開成功的大門，而其亦憑藉着努力與機遇、勤奮和智慧，從出生地浙江到上海，後又赴香港；從採訪記者到寫副刊專欄，創作連載小說；從在報社打工，到創辦《明報》，筆書劍情，定俠之大義；文興刀落，訴恩之大愛。政論散文，報紙雜誌，副刊小說，樣樣皆精，洛陽紙貴，名利兼得。十五部武俠小說膾炙人口，風靡了華文世界，更被譯成外文，不斷地被拍成電視劇及電影。晚年封筆棄報，但仍孜孜不倦，活到老學到老，八十多高齡仍在英倫大學報讀歷史文學等課程。他對於政治有敏銳的觸覺，獨到的見解；他對於歷史有自己的偏愛，無盡的探索；他對於文學有無限的創意，熱烈的追求。這些便成就了大俠完整的一生，開武俠世界之風，創俠義人生之舉，其文化遺產照亮後代，為承繼者開路指航。

此次因工作之便，來往申滬之地，趁着工餘有幸參觀「金庸展—上海站」。不禁又回想起學生時代挑燈夜讀的那些武俠小說。讀到精彩處，那些跌宕起伏的內容，高潮迭起的情節……至今憶記起仍念念不忘。

人都是這樣，在面對挑戰克服困難中逐漸成長成熟。感謝大俠為我們留下這麼多珍貴的典籍與展品，文字與記憶，更重要的是那些對人生的啟迪。

2022 年 11 月 9 日

有趣的貨幣

奉天一兩新幣王
百二歲月悠悠晃
天價無計計其樂
奇珍瑰寶享共賞

兔年立春後香港同內地終於全面通關了，闊別香江三年的京城好友首先來訪。我們相約北京道某酒家，把酒言歡，重敘舊情。維港璀璨夜景，盡覽無遺。朋友知道我喜歡收藏各種各樣千奇百怪的貨幣，這次專程由北京帶來了一套由中國人民銀行發行的兔年賀歲紀念幣。這套紀念幣共有三枚，包括金、銀以及雙色銅合金各一枚。金銀幣正面有國徽圖案、2023 年以及中華人民共和國字樣，背面是舞獅造型及「福」字。雙色銅合金幣正面是「中國人民銀行」及「十元」字樣，背面是中國傳統剪紙藝術與裝飾年畫結合兔子形狀，亦有「癸卯」字樣。受此厚禮，我喜出望外。酒後與友戲言，我決意將此幣代代相傳，百年後必定價值連城，逗得好友大笑，點頭稱是。

回想自從愛上收藏各類貨幣起，深得故鄉鄰里長輩的引領指點。小時候在滬上故居四明邨生活時，從來都不知道那條不長的石庫門弄堂，曾經承載着輝煌的民國遺韻。在此居住過的社會賢達、文人雅士，影星名媛比比皆是。晚清翰林、國學大師、民國船王、畫家、作家、雕刻家等，甚至傳說諾貝爾文學獎得主、著名的印度詩人泰戈爾訪華時也曾在徐志摩與陸小曼的愛巢短住過。

元貞前輩是四明邨的睦鄰，名門之後，與家裏叔伯輩稔熟，曾從事各項文化類相關工作，對於珍品古玩收藏鑒證獨具慧眼，這完全離不開他長時間的閱讀、研究及考證，加上機緣巧合令他有機會真正近距離接觸過各種奇珍異品。他為此也勞心勞力、筆耕不絕，寫下幾十萬字的著作。對於後進晚生，他總是關愛有加，點撥指引。很久前元貞前輩已教曉我收藏貨幣之各種基本知識及要領，諸如各個時期貨幣的材質、鑄造工藝、流通情況以及最重要的真偽辨別。筆者獲益匪淺。

記得去年仲夏回滬公幹，與元貞前輩敘舊，他即時與我分享了彼時一則轟動海內外的貨幣拍賣實況。一枚鑄造於 1903 年的奉天癸卯一兩銀幣，竟然創下拍賣歷史新紀錄，以逾四千六百五十七萬人民幣成交，隨即被美國權威媒體迅速報道，並譽為新「幣王」。

但是，隨之而來的卻是爆料紛紛，這枚曾是台灣鴻禧美術館驕傲的鎮館之寶，被藏界、業界乃至學界尊稱為「幣王」的奉天癸卯一兩「鴻禧幣」，卻從孤品的神壇上被拉了下來，深陷「真假猴王」之公案。眼看怕是難以自拔，急得旁觀者搖頭歎息。

不過，元貞前輩卻不以為然。他深入研查，抽絲剝繭，著文闡釋此「奉天一兩」的來龍去脈，前世今生。以市場認可度、「隱」「顯」的兩段歷史及法理邏輯，共三巨證力陳其非複製、仿製及偽作之贋品。

每次回滬與前輩聊起這些共同的興趣愛好，短則數小時，長則大半天。人生路上有名師專家，亦師亦友，無微不至的教授傳導，分享經驗閱歷，其樂無窮，實乃大幸之事也。

2023 年 2 月 28 日

千里祭祖奔黃陵

千里祭祖奔黃陵
世界華人盡孝情
億萬民心拜軒轅
四海同春記清明

人間四月天，又回到內地。這次是隨「世界華人協會」創辦人兼現任會長程萬琦博士，在清明時分來到陝西黃陵祭祖拜軒轅。疫情之前「世華會」程博士每年都會帶領一大批海外華僑華人回內地參加春秋二祭，據聞已斷斷續續跨越了半個世紀。

上世紀七十年代中，香港愛國商人霍英東、程萬琦等已率先踏足中國內地與有關部門接觸，為幫助內地經濟發展而商討各項大型投資。同時也希望將中國足球及籃球引入世界，因霍、程兩位當時也是本港及亞洲足球及籃球界之領軍人物。當時程萬琦聯同另一位籃總主席、亦是財經界的名人湛兆霖來到陝西拜黃陵後，慷慨捐款五百萬港幣用作維修黃帝陵像及像龕。此維修紀念牌至今仍放置在黃陵像內殿側。霍老、程老及湛老等海外華人僑領始終抱着一顆愛國愛家的拳拳赤子之心，當仁不讓地為國捐施，不計回報地以盡忠孝。如今霍老和湛老已故去，而程老仍以八旬開外之高齡於疫情後親率近百人之「祭祖團」從海外奔赴陝西，尋根問祖黃帝陵，同心共築中國夢。

四月四日早晨，筆者與程老及邵助理等，於九龍塘同坐中港車前往深圳機場飛赴西安，同機有近四十位來自世界各地的「世華會」團友。抵埗西安後，程老一行受到當地政府及「世華會」先行人員等熱情歡迎。晚上陝西省人民政府外事辦姚主任及姬主任設宴歡迎程老及十三位「世華會祭祖團」骨幹人員，晚宴還有省港澳辦張處、特區政府駐陝西辦馬主任及楊副主任在場陪同。是晚姚主任熱情洋溢，歡迎並建議程老等海外華人多些回內地走走看看，他願做好服務，一盡地主之誼。席間觥籌交錯，賓主盡歡。

清明節清晨時分氣溫驟降，原來昨晚下的一場雨至今仍未停。我們十三人隨着來自全國各地的祭祖代表，由下榻的陝西賓館出發。總共近三十輛 16 座小巴在警車開道下出發，直奔橋山黃陵。車窗外煙雨朦朧，昨晚的雨還在淅淅瀝瀝地下着，隔着微雨的車窗看見前後簇擁的警車警號燈不停地無聲閃爍着，就這樣車隊浩浩蕩蕩地駛出市區。

大半個小時後，車隊已經駛離市區，進入了國道。突然間發現春雨已止，天色在陰暗中透出光芒，遠處可見清新明亮，剛剛還在瞌睡的人精神倏地為之一振，睡意全消。近兩個半小時的車程，沿途所見巍巍高山，涓涓河流，春雨過後，空氣清爽。回想大半月前受邀入「祭祖團」，當時自己還拿不定主意，礙於滬港繁忙的工作，實在分身乏術。但剛好上月在上海工作時，便抽空去了寧波蘇州等地拜祭了家中先人。在為先父掃墓之時，我一如既往地與他說了最近所遇之事及所見之人。程老是先父數十年知交，先父也曾隨程老多次前往祭黃陵，一念及此筆者便立下決心，再忙也要踏着前人之腳印，迎上前去砥礪奮進，願五千年人文之光長照我心。

早上八點多所有車輛已經抵達陝西省延安市黃陵縣橋山祭祀廣場下面。來自全國各地及海外三百多位參加是次癸卯年清明公祭軒轅黃帝典禮的代表們，陸續進場並在所屬位置排好隊。九時五十分大典開始，主辦方國務院僑辦、台辦、中華全國歸僑聯合會和陝西省人民政府的代表先後致詞。「尋根祭祖黃帝陵，戮力同心創偉業」是今次公祭典禮的主題，整個典禮共有九項議程依次如下：全體肅立，擊鼓鳴鐘；唱《黃帝頌》；各代表敬獻花籃；恭讀祭文；向軒轅黃帝像行三鞠躬禮；樂舞告祭；龍飛中華；瞻仰軒轅殿；種植橋山柏。整個公祭典禮 CCTV 作了全球電視網絡直播，此次盛典體現了中華民族深厚的文化內涵及底蘊，堅定了大國文化自信。大典後主辦方更為「世華會」近百名成員在橋山黃陵近始祖廟地，作了一次專場公祭，程萬琦會長帶領眾人為先祖敬拜上香。萬里尋根赤子情，一炷清香軒轅近。

在歸途上，筆者望着車窗外沿途的山景而思潮翻滾。一個歷史悠久的古老民族，經歷了那麼一段漫長的艱難歲月後，如今和平安穩，脱離貧窮，發展經濟，奔向小康。在一個歷史的新起點上從容不迫地在國際舞台上擔當起應有的責任，以傳承千年之大國風範與世界各國交往合作，共存並進。我們承上啟下，有責任將中華優秀傳統文化人文素養內涵傳遍全世界。要分享、要和平、要進步、更要愛！

2023 年 4 月 12 日

英雄，爲和平奮戰到底

少年白髮英雄志
和平抗爭民族事
公義良知傳世界
跨越未來留青史

英雄，在烽火漫天的戰爭時期就是指那些為國家民族，衝鋒陷陣，保家衛國，甚至為國捐軀的勇士。他們勇敢堅強，不怕流血傷亡，為民族大義犧牲小我。他們都具有崇高的理想，英雄的氣質，為的從來都不是自己，而是整個人類社會。

如今在相對和平的年代與區域，你是否發現身邊的英雄？或者在你心目中是否仍有屬於自己的英雄呢？正如我，父親一直是我心中的英雄。他憑着毅力與堅持在一場跨世紀的國際訴訟中取得了勝利，為家族甚至民族出了一口氣。不過，在父親心中也有一位英雄，他就是童增先生。

童增，一位屬於我們這個時代的英雄。他是中國對日索賠第一人，並已連續六年獲諾貝爾和平獎提名。上世紀九十年代初，他完成了北大法律系研究生課程，在中國老齡委工作。在一次偶然的閱讀學習中，他發現了一篇講述歐洲各國重提二次大戰之戰爭賠償的文章，他以專業法學者的判斷，認為雖然國家已放棄了向日索要作戰爭賠償，但是作為中國受害者是可以向日本政府或者其他相關施害者，就戰爭期間受害作出索償的，這在國際上也是具有一定法理基礎的。於是他日以繼夜地認真仔細閱讀相關歷史文件，寫了《中國要求日本受害賠償刻不容緩》一文，第一次代表中國受害者向日本政府提出民間索賠。文章發表後，中國民間對日索賠頓時成為海內外各大媒體關注的焦點。

有人說，童增是盜火的普羅米修斯，把中國民間向日索賠的火種，播向了全中國（包括港澳台地區），甚至整個亞洲也為此躁動，諸如韓國、新加坡等國家。戰後數十年來，日本某些右翼人士甚至政府官員，是否已真正認識到當年發動的亞洲戰爭、侵華暴行對受害國人民犯下的罪行、帶來的傷害，並不是一代人或兩代人就可以彌合傷口，忘卻慘痛歷史的。唯他們至今的行徑似乎並沒有就當年的罪行作出深刻反省，既不願道歉，也不願賠償，甚至在某種層面上極力去掩蓋歷史，埋葬真相。

童增，他的出現讓沉默了半個世紀之受害者看到了一絲希望。來自全國各地的戰爭時期受害者及其親屬或後人紛紛寫信給他，一時之間成千上萬封信寄至北京老齡委。他們中間有慰安婦，還有在細菌戰、非法勞工等等各方面的受害者。每一封信都是受害者對當年日本侵略者的血淚控訴，這讓童增越看越難過，但也讓他越看越堅定地要站出來為受害者討回公道，爭取合理賠償。

在過去的三十三年中，童增堅持不懈地做着一件事，就是幫助所有受害者向日本提出民間索賠，為此他甚至辭去了在老齡委的工作。因為後來來自全國各地的受害者直接選擇去北京當面向他傾訴自己或家人在戰爭中悲慘的經歷，他每天都要接待好幾批人，而那些人見不到他是不會離開北京的。面對來自全國各地眾多的受害者，童增要處理的工作量極大，要克服的困難也極多。他一介書生，勢孤力弱，曾經也想找些社會名流支持，唯不成功。但他仍多次去日本大使館抗議，也代表中國受害者向日本提出三十多起索賠訴訟，他還強烈要求日本政府歸還當年搶去的中國文物。在跨世紀的「中威船案」中，他始終全力支持、關心及協助當事人，為「中威」取得最後勝利起到了關鍵性的作用。

童增認為若不向日本訴訟索賠，就是縱容其篡改歷史，這是決不容許的。為了公義與良知，三十多年來他竭盡全力，身體力行地堅持為戰爭受害者伸張正義，爭取權益得到保障。他只是一位一身正氣，充滿正義感，堂堂正正的中國人。他沒有經歷過戰爭苦難，只是因為他對歷史、民族及同胞都有一份愛與責任。他希望為這場不公義的戰爭真正地劃上一個句號。少年白髮，而立之人經已花甲，而其志依然堅如磐石。幸運的是他這種人道主義的精神，得到一些國際人士與友好組織的認可與肯定，多次被提名諾貝爾和平獎，這也證明了他為弘揚人類和平精神而作出的努力。

羅曼 · 羅蘭（Romain Rolland）曾說過，世上只有一種英雄主義，就是在認清生活真相之後，依然熱愛生活。童增從不被困於生活，他堅信正義或許會遲到，但從不缺席。

2023 年 9 月 26 日

他爲籃球不言老

他為籃球不言老
遠征執教普及好
世界中國共拓展
耆年碩德志更高

六月的香港，颱風雨水急不可待地登陸小島。夏天的氣息無處不在，清晨還是陰天伴着細雨，中午過後陽光又衝破烏雲，笑着迎向你，笑着灑滿大地。每天早上為工作在西沙工地認真巡視，午膳後偷懶在清水灣閒坐。看着藍天白雲，碧水細沙，還有沙灘上、海水中嬉戲的遊人，心情也極為放鬆。此時，一大罐冰凍的 Hoegaarden，遠勝滾燙的 Latte，白啤的清涼甘味驅除了大半天工地上的勞累，而遠處的美景，也撩動着腦海中的思緒……

今夏七月，世界人民在巴黎又將迎來了第三十三屆夏季奧運會。巴黎也是繼倫敦後，第二個三度舉辦夏季奧運會的城市（1900、1924 及今年），艾菲爾鐵塔（Eiffel Tower）於揭幕倒數五十天起也掛上了奧運五環旗。想像着將臨的七月下旬至八月上旬，在巴黎知名的地標及各大街小巷，來自世界各地的遊客觀眾、媒體記者、各國政要，當然少不了的是世界各地的運動精英，他們將聚集在此，為運動競技付出努力，為爭奪錦標榮譽拚搏到底，還有更多的是為運動員助威吶喊加油。在開幕式至閉幕禮，期間必定會有無數次的歡呼、慶祝、狂歡、派對、嘉年華……據聞中國隊此次將派出歷史上最強大的隊伍參賽，希望在摘取獎牌方面再創佳績。而另一體育大國——美國隊，日前也公佈了男籃名單，全都是 NBA 巨星，陣容相當豪華，諸如占士 (LeBron James)、庫里 (Stephen Curry) 及杜林 (Kevin Durant) 等，為力爭奧運男籃五連霸而嚴陣以待。

夏天、巴黎、奧運會、夢幻籃球隊……想起這些，就不禁為之興奮雀躍。筆者從小就熱愛運動，尤其是籃球，未曾入學就開始接受正規的籃球訓練。在成長的過程中遇到的都是好老師、好教練。其中有一位極負盛名的教練對自己影響至深，且受益良多。他教過的學生弟子，徒子徒孫不計其數，很多都入選市隊、省隊或國家隊。現在國家籃協主席的父母也曾是他的高足 。

他就是今年剛好年屆九旬的烏維培教練，烏教練是新中國成立後上海男籃第一代中鋒。身高一米八二的他，外型俊朗帥氣，球技瀟灑出眾，深得其師中國籃壇名宿田福海教練真傳，常於完場前兩三分鐘，以突變戰術拉空防守球員，留位給中鋒一招勾手投籃力挽狂瀾。他曾是 1957 年在巴黎舉辦的世界大學生運動會中國籃球代表隊中的一員中鋒猛將。當時在田福海總教練的領軍下，中國男籃憑藉着自身實力與戰術，頑強志氣與拚勁，竟然連勝西德、法國、意大利和巴西等歐美勁旅，西方傳媒為之驚奇讚歎，而當時中國籃球也因此贏得了世界級榮譽。

烏教練為上海男籃、中國男籃南征北戰，馳騁球場逾二十年，退役後雖曾靜了一段時間，但很快又投入到上海青少年籃球培訓中。在市內各小學挑選具籃球發展潛能之人選，送他們進入區、市少體校進行有系統的專業培訓，為國家籃球事業繼續發光發熱。烏教練除了要求學生隊員勤學苦練籃球基本功外，他也很講究打球的智慧。他提出打球不能只靠四肢發達，反而要更注重「球商」。烏教練一直以來對各球員的成長發展極為關心，把出類拔萃者送去打專業隊為國為省為市爭光，幫其餘離隊球員安排好職前訓練及就職出路。這些他都當仁不讓，妥善處理。

在基層執教二十多年後，烏教練與太太去了大洋彼岸與幾個孩子一起生活。但是，一生熱愛籃球的他，在美西也沒閒下來，與當地僑界一群籃球愛好者推動籃球普及化，加入了業餘的「世界華人籃球賽」的籌委中，以他個人魅力與人脈資源，極速擴大了「世華賽」的規模。不但組織了國內幾十支男女隊遠赴拉斯維加斯參賽，增進了中美民間籃球的交流，而且更將比賽的主辦場地由海外移至國內，諸如上海、杭州、鄭州等地。把世界各地華人籃球隊齊聚回國，海外赤子能回國比賽之餘，還能遊覽祖國大江名川，甚且與久別的親友重逢歡聚，大家都喜上眉梢，何樂不為啊！

近年，烏教練在兒女伴隨下回歸上海，一下子把他的那些隊員學生們樂壞了。恩師回巢，大家有事無事爭取多歡聚。唯烏教練每次聚會見到大家總有任務要安排，你們呀，平時要定好時間訓練呀，五十歲的、五十五歲的、六十歲的……都分齡組織好，不要錯過「世華賽」呀、市內公開賽呀等等，多運動比甚麼都好。耆耆之年不畏倦，鼓勵鞭策後繼者。唯弟子們亦已過不惑和知天命年了，大家能者繼續奔跑，其他場外打氣加油，總之恩師之命不可違呀。

烏教練見證了新中國籃球的誕生成長發展，至今七十五年了。他一生與籃球結下不解之緣，連他的夫人王教練也是上海女籃名將。他愛籃球勝過一切，大家都說，他為籃球不言老！

2024 年 6 月 12 日

女人

女人能頂半邊天
勤儉持家年復年
愛濃情烈恩更深
忍守幔帳路漫漫

十月金秋迎國慶。香港不像國內有黃金週近十日假期，可省內海外走一圈。十一放假一天又回復工作，好在沒多久遇上週五重陽節，港人習慣自製小長假，三日兩夜足夠時間放下工作北上深廣或附近熱門城市飛一飛，獅城、寶島及曼谷等都是港人心儀之地。是故重陽節的這個週末香港街道似乎一下子又清靜了不少，想來人員自由復而往返正是小島的一大特色與優勢。

中秋後重陽，晚來月色涼。因節後又需趕赴申滬工作，週末便閒賦家中看看書、練練字。晚飯後與孩子們聊起在上海的童年往事，一打開話匣子便越說越難停……

印象中在上海生活十多年的「小時候」，好像一直在腦海裏不住地迴轉，不但無法忘卻，更是日久常新。由出生到十二、三歲移居香港前，一直是在大家庭中與各家族成員同住於上海一條頗知名的弄堂裏。兩大一小的房間住了大大小小十多人，同一屋檐下還有四戶鄰居二十幾人。在那個年代的上海，有苦有樂，唯對小孩子來說還是蠻開心的。去學校，走路不過幾分鐘；下課了，在弄堂裏同小伙伴又可玩上一個下午。成長的日子也就是這樣簡單樸實而自在。

曾祖母，自我出生那年已七十開外了，她個子矮小卻撐起整個大家庭。她一頭又白又長的頭髮，每日梳理得極之整齊；雙眸深藍，彷似來自異域；粗布外套罩衫及一雙布鞋，乾淨清爽。她十來歲在寧波老家嫁於曾祖父，待曾祖父在上海闖出一片天地後，她也從老家帶了祖父和孩子移居上海了。可惜曾祖父較早離世，祖父又隻身在港處理商事及法務，上海大家庭的大小事務便由她——這位老長輩獨力支撐着。她每天不到四點便起床，自己梳理好後，便負責大家庭近二十人的所有家務事，伙食、清洗、打掃及其他。後來母親嫁入大家庭，她不但有了第一位孫媳婦，而且更多了一位好幫手。

小時候，父親兄弟姊妹十人稱曾祖母為阿娘（甬語：祖母），我這一輩都稱她為阿太。阿太有我這個長重孫後，大家庭便四代同堂了，當時確實也頗令左鄰右里為之羨慕。阿太對家中上上下下所有人都無微不至，照顧有加，而且她對每個小輩都一視同仁。但是，不知為何在筆者幼小心靈中，總覺得阿太對我就是不一樣！或許是因筆者自詡為長重孫吧，又或許還有其他原因。記得當時自己剛入小學，沒多久便入選籃球隊，每天早上六點便跟着大哥哥大姐姐一道早鍛練兩小時。阿太便每天風雨無阻地叫醒我，為我煮好早餐，待我飽餐後送我出門，並常提醒我運動要小心，不要弄傷自己等。有時因課後訓練或比賽晚了回家，她又把當日好的飯菜留下，等我回家後，她再蒸熱給我享用。

在大家庭中除了阿太愛我疼我外，還有祖母、外婆及姑婆一樣視我為好寶寶。祖母常把最好的東西留給我和弟弟；外婆教我背唐詩宋詞，給我講聖經故事；姑婆定期帶我去她家小住，又是玩又是吃。她們對我的寵愛，數十年了回想起來也很甜蜜，會銘記一生的。

最後，還有我的母親，她愛我卻更不忘要教導我。她對我的管教甚嚴，要求挺高。若犯小錯，必厲聲斥責；事逢大錯，逃不出棒打。現在想來自己兒時尚算識趣，沒有經歷太多皮肉之苦。媽媽言傳身教，她的母愛是最簡單直接且無窮無盡的，直到現在還為我及家小擔心這擔心那，真的是誰憐天下父母心啊！

慈父嚴母，還有眾多長者親人，在一個充滿愛的大家庭裏，男人遠赴重洋在外為家人們奮力拚搏，而女人也不辭勞累地管理好大家及小家，不為男人添煩加亂，免卻其後顧之憂。女人，中國的女人，像我的阿太，從傳統封建年代的小村落，紮着小腳步入大上海，又見證新中國成立。她為家族為小輩勞碌一生，無怨無悔。在其九十有三的那年大年初一早上與海內外眾小輩人間話別，天堂再會。女人，真的能頂半邊天，她們比男人細膩、靈巧、耐心、柔和、精緻、溫暖……韌勁十足，包容忍耐！若是能得到女人的愛，此生足矣！

2024 年 10 月 12 日

年歲篇

回答吧，2020

2020 年，世界跨入了千禧世紀第二個十年，令人臆測不到的是一場新冠病毒肆虐全球。人類在科技日新月異、醫學昌明創新的時代，卻被這突如其來的 COVID-19 殺個措手不及。遠近隔離，封國鎖城，經濟停擺，人人自危，最悲悽的莫如人命傷亡。

世界超級大國，在疫情面前也顯得苦無良策，無所適從。領袖的傲慢與偏見，徒令抗疫失效，痛失人命。首領的短視與自私，追求自我開脫，甩鍋他國。當今世界一國獨大的單邊主義肯定已步入了死胡同，人類唯有守望相助，互助互利，取長補短，共謀發展才是正道。

中國領導人倡議的「人類命運共同體」即是以全球多邊主義合作為宗旨，共同建設地球村，並擔責任與義務，同享成果與利益。當天災病禍突襲人類時，便以全球無間合作為上，共同與時間賽跑，抗災抗禍，保護生命。

2020 年已經過去了大半年，世界衛生組織（WHO）對中國在此次對抗病毒、防控疫情方面加以讚揚。的確比起很多歐美大國，中國現在的疫情狀況比較穩定。但步入秋冬，全球都不能掉以輕心，第三波甚至第四波疫情極可能伺機重來，在疫苗尚未正式推出之時，加強防控至為重要。

2020 年亦是世界人民反法西斯戰爭暨中國人民抗日戰爭勝利

七十五週年。和平時代，牢記歷史，不忘過去，珍惜和平。天下興亡，匹夫有責。

記得前有美國電影《雷霆救兵》(*Saving Private Ryan*)，現有中國電影《八佰》。製作人盡一切可能性，將戰爭歷史場景還原於熒幕。看見無數英烈為勝利與和平戰鬥到生命最後的一刻時，大家熱淚盈眶之餘，肯定會明白世界的和平和國家的安全，遠遠超過任何個體的利益。

軍人在戰場上視死如歸，以身報國，可敬可佩。而一介平民船東在國難中也義不容辭地自沉巨輪於港口，以阻敵艦長驅直入，為淞滬會戰前軍事佈防作出貢獻。中國寧波市話劇團的劇目《大江東去》，將這段真實的甬商船王為抗日傾家蕩產，大義凜然赴國難的歷史原原本本地呈現在觀眾面前，同樣可歌可泣。

我們紀念勝利正是希望年輕的一代又一代人，不要忘卻先人為後代的幸福生活作出的一切奉獻，幸福從來都不是必然的。毋忘歷史，牢記使命，珍愛和平，開創未來。

2020 年，香港已回歸祖國二十三年了，但過去整整一年多在港發生的事情，令每個愛香港的人都為之心痛。香港自古以來便是屬於中國的，只是在歷史上有那麼一段百年滄桑，香港暫別了母親的懷抱。尊重歷史，認清事實，繼往開來，才有希望。

期望香港人心回歸，才能迎來真正的回歸。而人心回歸必須由傳統、文化及教育做起。中華民族上下數千年，世界四大文明古國，只有中國文明延續至今，而且雖經波折劫難，卻依然歷久不衰，開拓發展，邁向繁榮昌盛。孟子曰，天下之本在國，國之本在家，家之本在身。家庭教育、學校教育及自我教育，缺一不可。深盼年輕人能正確認識自己與社會，國家與世界，並為之作出力所能及的貢獻。

眾人之事眾人商量，眾人為眾人服務。希望香港，甚至世界今天能眾志成城，同心同德，重回協商包容、建設發展的正軌。唯有如此才能真正實現更好的明天。

2020 年 11 月 4 日

2021，中國「牛」年

2021 年，全世界彷佛一直在期待它的到來。轉眼間農曆新年一過，如今已踏入陽春三月。2021 是辛丑牛年（The Year of Ox），想來這頭中國牛確實不一樣，肯定是一頭影響全球大局的祥牛。

2021 年元月後，美國換了新總統，民主黨入主白宮，重新加入《巴黎協定》、世界衛生組織（WHO）等國際組織，折返前任曾經撤野的領域，按照既有的遊戲規則，拒絕不再玩。

重返國際政治大舞台，是否意味着再主天下？其實作為一個大國，美國不應將自己的一套所謂普世價值強加於別國身上。民主、自由及人權都不是絕對單一的某種理念。在特定的歷史、文化、地域等背景下，應各自發展，互不干預。作為政府，必須以保護本國人民生存權為首要責任。一場世紀疫症，超級大國的前任政府在保護美國人生命及生存權方面，無疑存在極大失誤。失去了五十多萬寶貴的生命，而這五十多萬生命背後還有五十多萬個家庭。此情此景，情何以堪！甚麼是人權？人權肯定包含人的生存權。

美國卻時常以站不住腳的雙重標準，偏執地用「人權」兩字粗暴地干涉他國或地區。當衝入美國國會的示威者被視為暴徒，甚至中槍倒地而亡時，美國可曾想起自己對大肆破壞香港立法會的行為稱作「美麗風景線」？站在自己的道德高地，去俯視及打壓別人的一貫伎倆，當巨石壓到自己腳上時，不得不暴跳如雷。何其諷刺。

2021 年，世界估計不會頓然復甦，距離回歸平穩，還會有一段頗久的過程。根據國際民航組織（ICAO）報告，全球航空業要恢復 2019 年的空中載運量，起碼要到 2023 年，這當中最重要的是視乎新冠疫苗接種的情況而定。不管怎樣，當世界病了時，請好好保重自己，珍惜身邊的人、事、物，不要用疫症病毒作為一種武器去攻擊傷害他人。

2021 年，世界局勢瞬息萬變，中國領導人在牛年提出了「三牛」精神。外練不如內修，打鐵還需自身硬。作為一個以保護人民生命為首要任務的大國政府，於關鍵時刻當仁不讓地提出，發揚為民服務孺子牛，創新發展拓荒牛，艱苦奮鬥老黃牛的精神。在全球風雲莫測、錯綜複雜的當下，國家政府一如既往以人民百姓為中心，全心全意為之服務，並繼續推動社會經濟發展，竭盡全力做好防疫防控。

2021 年，或許我們仍未能如以往般走出國門，去看看世界。但在常態化的防疫措施下，人們在內地到處出差工作、旅遊探親等等，目前幾乎是暢行無礙。而在香港，也期待早日通關與豁免隔離。

想像一下，五年後或者更久些，當我們再次回看這兩年發生的事情，地球患病，世界幾乎停頓了。在人類與病毒搏鬥中，那些為拯救他人，並為族群付出生命的逆行者，那些為保護國人，且為世界擔起重任的國家，還有日以繼夜、爭分奪秒地研發疫苗的醫療團隊，都會為世界留下光榮的一頁。你會看見真正熱愛地球，珍惜生命的人正在將自己研發生產的疫苗，源源不絕地運去世界各地。在有效地遏止了自己國內的病毒擴散情況後，更為世界人民作出貢獻。人類命運共同體不就是在追求本國利益時，也兼顧他國合理關切？這些共同的國際間互相扶持與幫助，正體現出大國應有的責任、擔當及風度。

不久前，中國宣布向全球四十多個國家，提供五億劑疫苗。還值得一提的是，中國已推出「國際旅行健康證明」。相信有了「疫苗護照」，不久的將來就能出行全球，而且更為安心方便。

我們期盼 2021，中國牛年，世界能逐漸穩步踏上康復的軌跡。就讓這頭中國牛牽引着世界，一步一步慢慢重新向前邁進吧！

2021 年，中國，牛！

2021 年 3 月 15 日

告別 2021

猛虎下山除病疾
虎嘯龍吟驅毒疫
歲末努力盡今夕
來春向好必可期

在告別千禧年第二個十年之時，有人曾說那是過往十年中最差的一年，也將是未來十年裏最好的一年。2020 年初新冠肺炎肆虐全球，病毒無國界擴散。人類與新型頑疾對抗之初，頓失方寸，苦無良策。感謝近兩年來與時間競賽的全球醫學界、醫護人員及所有逆行者，日以繼夜地與病毒抗戰，研發疫苗及藥物。各地政府也鼓勵民眾注射疫苗，並通過「疫苗護照」，早日讓全球真正實現自由流通，全面回復往日景象。在世界面對新冠病毒這一場戰役中，我們樂見「祥牛」打敗「疫鼠」，今年小勝於去年。想來只有時間才是檢驗預言的唯一標準吧。瑪雅人不也曾有 2012 年世界末日論嗎？2021 年最終也將進入歷史的長河裏，回首往昔，期待未來，希望最好，提防最壞，得意淡然，失意泰然。

2021 年，世界政治舞台風起雲湧，拜登上台，菅義偉過場，默克爾退下「熱廚房」。歐美日的一些政治領袖在面對一場世紀疫情的大戰時，普遍表現遠遜預期，失策失分失人命。

2021 年，中國共產黨成立一百週年。中國共產黨為民執政，以人為本，不忘初心，奮發圖強。回望此一百年的艱苦歷程，中國共產黨一直與國家同行，與人民同行。戰爭年代內憂外患，浴血奮戰保家衛國。新中國成立，自力更生廣結良緣。改革開放發展經濟，急起直追接軌世界。千禧年代大國崛起，應有擔當，構建地球一家，倡議人類命運共同體。

中華人民共和國成立發展至今能有如此驕人成就，每個國人都必須牢記上幾代革命前輩先烈為此所付出不懈的努力。百年基業是他們用鮮血與生命換來的，因此今日我們更當倍加珍惜眼前所擁有的繁榮盛世。面對新世紀的各種挑戰必須自強奮進，從容應對，切勿驕傲自滿，不思進取，有負先人前者。

2021 年也是珍珠港事件八十週年，美國「911」事件二十週年。從這些歷史的記載中世人不難發現，那些挑起戰爭的軍國主義者，侵城掠地只為了一己私慾，利慾薰心，罔顧他國人民生命及財產。縱觀世界各國，每個國家民族都有自己發展的軌跡，絕對不可能一套制度價值世界通用，前蘇聯的解體也給世人帶來啟示及警醒。美國作為世界超強大國，「911」事件為其人民帶來災難及傷痛。生者在為逝者哀悼祈禱之時，是否同時反思應否在仇恨處播下仇恨的種子。想想阿富汗這個曾經美麗的古老國家，唯今年在電視媒體及網絡上看到那些畫面，能叫人不為阿國歎息嗎？如果地球上的人本來就是生而平等自由善良的，那麼互相之間必須尊重理解互諒，和平共處。

2021 年夏，我們喜見 2020 年的第三十二屆東京夏季奧運會在衝破千難萬阻下得以順利進行，並將五環旗移交給下屆主辦城市巴黎。在世界運動的競技場上，人類崇尚的是在既定的規則下公平競爭，友誼遞增。

2021 年剩下的時間不多了，整整一年世界在主戰場上與新冠病毒繼續對弈搏鬥，由 Covid 變種的 Delta，再到現在的 Omicron，百變病毒令人類疲於奔命，但我們仍然充滿信心，胸有成竹，堅持不懈地沉着應對，期盼在希望的春天裏迎來更大的勝利。

在與 2021 年作最後告別之時，或許你也會黯然神傷，或許在你身旁也有摯愛至親好友同仁今年離開了你。此刻一同拭乾眼淚，揮別悲傷吧。愛與真情將永遠嵌刻在我們的心底，伴我們奮力前行。

莎翁曾言，凡是過往皆為序章，所有將來必更可盼。告別今天為的只是迎接更好的明天。

2021 年 12 月 23 日

心有猛虎，細嗅薔薇

完美冬奧傳遞愛
和平世界情意在
虎嗅薔薇折服人
戰爭疫情永不來

壬寅虎到，立春開年。喜逢 2022 北京冬奧會開幕，張藝謀導演將富有中華傳統文化特色之曆法節氣結合創新科技拍攝手法，氣勢磅礡地將虛擬實景同步呈現在世界人民面前，大美中國再次令世界驚艷不已。

農曆新年，中國春節，稱其為中國年（Chinese New Year）準確貼切，毋庸置疑。中華文化源遠流長，傳統節日發揚光大。不但影響了亞洲周邊國家地區，甚至大洋彼岸西方歐美各國有識之士皆推崇備至。

中國年，正月迎來了一頭猛虎。在中國生肖文化裏，虎有特定的地位。「人生於寅，有生則有殺。殺人者，虎也」，故虎象徵人類具有生殺大權。而老虎本身就是百獸之王，當然有除災免禍之能。當世界正在被新冠肺炎疫情吞噬殘害時，猛虎下山驅疫除疾。期盼在虎年雖然未必能立即將新冠病毒根治，但起碼世界能恢復穩定，全球疫情能受到控制。

「虎」進甘來，祥春瑞年金虎，亦為全球收藏家尤其是集郵愛好者帶來喜訊。聯合國郵政管理局以及許多國家及地區每年都會發行具有中國文化特色的生肖郵票。今年那些設計新穎、圖案精美、各具特色的虎年郵票又再掀起一波熱潮。美、法、日、韓、澳洲、白俄羅斯，甚至列支敦士登都相繼發行了虎年生肖郵票。萌虎、胖虎、招財虎、撒嬌虎……虎虎生趣，趣味橫生。這不就是今天大家都渴望擁有的嗎？原來喜樂的心才是真正的良藥。

在眾多虎年郵票中，筆者最喜歡的是由聯合國發行的中國農曆壬寅虎年郵票。郵票圖案是由中國設計師潘虎創作的「虎嗅薔薇」圖，郵票內一隻猛虎在薔薇叢中溫柔地細嗅花味，久久不願離去。其創作靈感來自於英國反戰詩人及小說家西格夫里 · 薩松(Siegfried L. Sassoon)的代表作《於我，過去，現在以及未來》中的名句「心有猛虎，細嗅薔薇」(In me the tiger sniffs the rose)，其譯者是詩人余光中。薩松出身貴族，「一戰」時自願參軍，英勇作戰，屢見其功。但他亦體會到戰爭的禍害，反對戰爭。詩句意謂，具有強大雄心的猛獸，有時也會被美麗所折服，收起陽剛好鬥一面，安然享受美好。深悟其意恰恰正是當今世界所需要的。超級大國持傲慢與偏見，窮兵黷武唯恐天下不亂。以好勇鬥狠之外交戰略掩蓋其馬仰人翻之內政失誤。

踏上新的起點，世界各國應該和平共融，合作建設，同舟共濟，打敗病毒。而救人第一，更是刻不容緩。假若超級大國正如一頭猛虎，世界希望牠此刻收起獸性，細心欣賞薔薇的美艷，而不致將其壓碎毀滅。甚且大國是否也可以放下身段仿效薔薇，用美麗與溫柔去迎向未來，改變世界呢？

2022 年 2 月 21 日

2023，迎上前去

立春冬奧情勝金
歲末足球贏人心
揮別舊夢苦與樂
迎上前去日月新

2022 年第二十二屆卡塔爾世界盃，在阿根廷隊與法國隊上演一場堪稱經典的冠軍爭霸戰後畫上一個完美的句號。阿根廷隊在美斯的帶領下，最終以點球擊敗法國隊。法國隊衛冕夢碎，惟雖敗猶榮，在兩次落後下不退不棄，力戰到底。靠着一眾替補上場的年輕球員，向阿國隊施予強攻猛擊。神奇小子麥巴比更大演帽子戲法，於下半場及加時下半場，先後攻入三球扳平，但最終因點球飲恨沙場。不過法國年輕球員們前途無可限量，下屆世界盃於美加墨比賽必會有更好發揮。美斯不是也曾與冠軍擦身而過？如今靠着堅持不懈的拚搏，終於以阿根廷隊長身份接過大力神盃，與眾隊員站在冠軍台上興奮歡呼。想來有美斯帶領的阿根廷隊捧盃，也是很多球迷的美好願望，看着球王前兩屆高歌猛進後失望而歸，總希望他能如願一次。這次阿根廷奪標，遠在阿根廷激動的民眾為國家隊贏得冠軍，數日來都湧在首都布宜諾斯艾利斯的共和國廣場上慶祝狂歡，電視所見萬人空巷，舉國歡騰。

隨着世界盃的曲終人散，2022 年也近尾聲。感謝世界盃於一年的最後一個月，將人與人的距離拉近了。在今年世界人口已衝破了八十億大關之際，觀看本屆世界盃直播人次就已達一百零六億，觀看最後的阿法冠軍爭奪戰直播的，也有近三億人。筆者大膽試想那些在戰事中的人，是否也能看到這一場直播比賽呢？其實，在歷史上也曾經有過一些雷同的事例，那是在 1915 年第一次世界大戰中，交戰的英德雙方在破曉後的聖誕節當日，走出戰壕，自發性的停火息戰，並舉行了一場足球友誼賽。如今世界也正是希望通過經典傳世的世界盃足球賽，將世界盃的精神人性、尊重和包容傳遍全球。

2022 年，中國「虎」年。人類在與這頭猛獸搏鬥中，也是且攻且守，期望不勝不歸。遠方的戰事不停，眼前的疫情反覆。美國為一己私利朝秦暮楚，結果執政黨中期選舉還是差強人意，於議會失卻多數席。歐洲鐵粉，政令搖擺，出了最後一位覲見女王的「短命」女首相，這個冬季真難過。新冠病毒已持續三年突襲全球，病毒在不停變種中傳播力劇增，但毒性則相對減低。唯其對人類之傷害性仍不容忽視。此刻世界各國大多已對新冠病毒採取放開措施。我國也在逐漸採取有序的防疫控疫優化政策，全國各地陸續取消了核酸強檢，核酸碼及行程碼等強制措施。不過在開放的同時也存在着許多感染隱患，尤其是在冬季病毒傳播的活躍期，長者幼小以至每一個人或單位等都必須做好嚴格的保潔防護，保護好自己家人，守護好社區城市。

寒冬年末，在告別 2022 年之際，回想着過去整整一年所有的美好與失落，一切的如願與失望，還有久別重逢喜極而泣的握手與擁吻。人生在世經歷承受的就是此起彼伏的悲歡離合，看晨曦落日，等潮漲潮退。熱愛生命，鍾情生活，每一天感恩珍惜前行，而前行的路上必定有障礙與困難，甚至危機四伏，如何堅定不移，排除萬難，或許知易行難。2023 年世界局勢近憂遠慮，變幻莫測，俄烏衝突，台海風雲，世界各地同樣面對挑戰與機遇。追求和平穩定，全面擊敗疫疾依然是世人最大的心願。即使至陰至冷的一刻，依然滿懷信心，常存盼望。有時至陰絕非壞事，至陰更見天性與人心，而陰極之至，陽氣則始生。此刻或許振奮人心的不是到達，而是起始；愉悅雙方的不是相對，而是相思。送走絕望的冬天，迎來希望的春天，2023，迎上前去。

2022 年 12 月 26 日

春

春爸爸

春分來了
你卻走了
歲月漫漫
我心悠悠

日復一日
換了新年
戀戀愛人
念念情真

此時此地
難忘初遇
別了昨天
還有明天

等
明天我們終將重逢
在一個更好的世界
擁抱

猛虎退場玉兔至，辭別舊歲新春始。元月又逢正月，春節，中國新年不僅為全球華人華僑帶來盼望已久的一家團圓喜慶良辰，更為全世界民眾送上熱鬧祥和與歡喜。濃濃的節日氣氛，暖暖的春意飄盪，誰不愛春天？誰不愛春節？

如果說百獸之長老虎以其雄壯勇猛辟邪驅災之勢，於過去整整一年與新型病毒激戰苦鬥後，期盼在其歸山之時亦將宿敵一併帶走。瑞兔迎春萬家春，不過亦勿要輕覷小巧的兔子，她卻是聰明機智的化身，她不會如萬獸之王般硬碰硬，誠然若她迎敵，必定是以智慧抗疫疾，輕身上陣玉兔搗藥，長生不老並殺「毒」於無形。

早春天氣的寒冷冷卻不了人們內心暖暖的春意，春節中國新年的到來，更將中國數千年優秀的傳統文化傳遍世界。中國生肖寓意、舞龍醒獅、中國書法春聯兒等，早已深深地吸引着世界各地人們。據聞遠在大洋彼岸的美國，其國家籃球協會（NBA）在舉辦的全美職業籃球常規賽中，已是第十二年開啟新春賀歲活動。在華盛頓時間上週六晚（大年夜），主隊華盛頓巫師隊對奧蘭多魔術隊的賽事中，新任中國外長以視像致辭，向中美兩國民眾送上兔年祝福。當晚比賽場館也充滿着濃厚的中國文化氣息，有華人藝術家用中國傳統樂器琵琶演奏美國國歌，有中國朋友扮演熊貓亮相表演，場地工作人員更向現場觀眾投擲生肖兔公仔，而這場比賽同步向全球上百個國家和地區作現場直播，各地觀眾在觀看籃球比賽同時，也迎來了一個喜氣洋洋的中國新年。

在中國我們自己的國家，不得不提的便是由中央電視台主辦了四十年的春節聯歡晚會（春晚）。這一檔節目每年都牽動着萬千海內外觀眾的心，曾在 2012 年獲健力士紀錄認證為世界收視率最高的電視節目。今年的春晚話題離不開袁樹雄的《早安隆回》。最早聽到這首歌是在去年初國家支援香港醫療救助隊伍時看見的一條短視頻，便用上此曲配樂。後來在觀看世界盃期間，大多數的精彩賽事短視頻幾乎都配上這首歌，最終美斯捧着大力神盃時，配的也是這首歌。但是，在這首唱遍全國街知巷聞的歌曲背後，你會發現是一個默默無聞為夢想堅持打拚數十年的基層歌手，把一個名不見經傳的小地方唱到全國甚至海外令其家喻戶曉。在春晚節目中看見此曲做了不同的編排，改為《早安，陽光》並由一大群各行各業的身邊人激情演繹，而原唱則坐在觀眾席上一同唱。以此曲致敬中國，致敬在艱難歲月中每一位堅守在自己崗位上的你和你們。

暖春飄至寒冬走，陽光總在風雨後。在這個充滿希望的春天，思念也總圍繞着我。父親出生於正月，那年正是百年難遇歲朝春，故他單名一個「春」字。這春恩是我窮其一生也無法回報的。在他離開我的十年間，每到春天我仿若又與他重逢。大街小巷到處都貼滿了春字，在機場、商場、酒店、餐廳、超市、百貨公司……所到之處皆是春，他恰似又回到我身邊。春激勵着我勇往直前，義無反顧。在前行的道路中，我無懼荊棘塞途，重重困阻。手中雖無劍，心中唯存愛，艱險我奮進，困乏我多情。

在春天中，百花齊放，萬紫千紅，生機勃勃，欣欣向榮。總要趁着還有今天，放開步子踏踏實實向前邁進，莫叫此生負了春。

2023 年 1 月 23 日

新年祈願世界安好

新禧真心愛一世
年增月長無疆界
祈禱遠近皆相安
願此冬去春來好

2023 年除夕夜，世界人民懷着歡快愉悅之情等待跨年，迎接嶄新的 2024 年的來臨。由於位處國際換日線附近，紐西蘭是最早進入 2024 年的國家之一，當地的奧克蘭天空塔 (Sky Tower) 綻放的煙花秀也是最盛大而且最早呈現在跨年夜空中。接着世界各地都進入了倒數的狂歡中，衛星播放畫面所見紐約時代廣場、倫敦大笨鐘、上海外灘、台北 101 大樓，當然還有吾家維港，此起彼落的煙花燈飾光影，甚至無人機等構成的慶新禧之景，一片璀燦吉祥，且歌舞昇平。人們在歡慶中迎來了 2024 年。

但是，新年伊始我們的地球村還是持續地面對着突如其來的天災、意外、人禍、戰爭、傷亡。元旦日本石川縣能登半島發生了黎克特制 7.6 級地震，並引發海嘯，電視所見當地房屋、公路、設施等受到大面積破壞，市面一片狼藉，傷亡人數仍在增加中。翌日，東京羽田機場又發生極罕有飛機相撞事件，導致人員罹難。之後接踵而至是中東持續的戰事殃及黎巴嫩，首都貝魯特南郊遭無人機突襲，據聞多名巴哈骨幹身亡。另外，印尼西爪哇及美國紐約都發生列車相撞事件，令到無辜市民在新年首週蒙受傷亡，家人生離死別，痛心欲絕。美國再次轟炸伊拉克親伊朗民兵組織，兩韓互射幾佰枚炮彈……這些新年一週不到發生的事情，一下子給 2024 年的頭頂蒙上一層厚厚的陰影。

新的一年開局令人堪憂，俄烏戰爭毫無緩和跡象，以色列在加沙地帶繼續狂轟爛炸，止戈為武之餘，平民百姓身靈塗炭。東北亞地區的同族紛爭似乎也是一觸即發。而在北歐持續長時間的低於零下四十度的氣溫，令到大部分地區的人民生活也發生了極大困難。另外，去年年底一些國際評級公司的經濟學家們，大都預測今年全球經濟走向，並不會出現太大驚喜，希望在持守中表現平穩已是上上大吉。

然而，儘管如此世界面對着這般的一個困破年首，此時此刻最需要的就是躊躇滿志、人定勝天的信心，不甘示弱、改變現實的勇氣以及不可或缺、睿智樂觀的希望。人類命運共同體生活在地球村，世界人民彼此團結合作互利共贏，攜手共抗天災意外，對話勝於對抗，要良性有序競爭，不要失性無情戰爭。筆者於寒冬黑夜，喜迎晨曦，樂見中美友好建交四十五週年，雙方都傾向回到理性溝通並持續交流發展中。北韓領導人就日本地震海嘯問題向日方首相發出慰問電。日本航空在撞機事件中，空中服務員專業有效地疏散機上三百多位乘客，全部人員及時安全撤離被撞客機，奇跡般地竟無一人重傷或身亡。黑暗時刻也總會有一些令人感動的美事，無論遠近都一樣振奮着人心，喚起人們內在悲天憫人的良知。

或許去年你並不如意，總期望今歲紫氣東來。世界何嘗不是如此，那些從戰壕坑下、倒塌的房屋裏走出來的大人孩童，希望他們都再次挺直腰板，看見陽光、和平、親人、糧食和希望。人類應該相親相愛，不該仇恨廝殺。放下武器，遞上麵包，一起相擁喝一杯酒，重回談判桌啟動和談……

此時，上海朋友突然發來最近在國內熱播的一部電視劇——《繁花》內的一段視頻。原來男女主角當年在東京初遇，刻骨銘心的短言交流、機票相贈、我等儂來……王導演此刻選擇了一首三十多年前大家耳熟能詳、深入人心的日劇《東京愛情故事》主題曲作背景音樂，實在是恰到好處。不是嗎？「東京愛情故事」中的女主角莉香（鈴木保奈美）正是一個自信開朗，充滿愛與陽光的女孩，為追求美好人生從不止息。

2024 年，新的一年，請以信心、勇氣與希望，誠心祈願世界安好吧！

2024 年 1 月 12 日

無春寡年有盼頭

無春寡年有盼頭
和平安好不爭鬥
甲辰新年新氣象
如願歡喜慶豐收

眼前臘月已過半，心盼新春祝福滿。臘月中結束了內地工作，匆匆回港，趕上了小兒子學校運動會的親子接力賽。因為兒子聽兩個姐姐說了當年她倆在校參加親子賽的一些威水史，非要老爸搭「飛的」回港跑一回。殊不知今非昔比，「老黃忠」心有餘力未逮，只能勉強獲一優異獎交差。好在賽後父子倆往附近商場吃玩購物，倒也盡興。看見商場濃濃的年味，猛然察覺年已近，辦年貨洗邋遢團年飯，都必須馬上張羅起來。

其實，香港作為一個中西文化薈萃之地，華洋和諧共處，幾十年來一到十一月尾，港九新界各大小商場酒店會所學校，甚至公營機構都會為迎接西方聖誕節裝飾一番。君不見維港兩岸之中環、金鐘及尖沙咀等地的聖誕燈飾，五光十色，璀璨耀眼，為普天同慶之節日增添光彩。至於中國春節，香港各區大街小巷也一點都不遜色，張燈結綵，處處可見「中國風」裝飾，生肖文化加之節日前後舞龍舞獅，好不熱鬧。香港人一年到頭家家戶戶都會團年，但並不是特定都要在大年夜，而是各家按實際需求，在年前的某一日晚上齊集歡聚，並稱之為「做節」；而大年初二，家裏人或老字號店鋪中午，都會吃一餐「開年飯」；初三俗稱「赤口」，一般都不外出拜年。

今年因為立春在兔子尾巴上，令 2024 甲辰龍年全年無立春，下一個立春也要到蛇年了，是故這一年便成了無春寡年。在中國傳統上有些禁忌，這與吉凶禍福、婚喪嫁娶都拉上了一些關係。但是，無春年實際上也並不罕見。因為古人為了適應寒暑的變化，便於耕作，於是就在農曆中每十九個年頭加入七個閏月，形成了每十九年便有七年是「無春年」。例如，之前的 2013、2016、2019 及 2021 年都是「無春年」。因此，甚麼避忌禁忌之事也沒有太多科學根據。相反，龍在中華文化中極具地位，也是一個權力、尊榮及吉祥的象徵。有説中華民族，炎黃子孫乃龍的傳人。在很多傳統故事及神話中都有龍的存在，它也是勇氣、力量和智慧的化身。

祥龍獻瑞喜事來，為迎接金龍年之來臨，香港球迷首當其衝，盼來一件大喜事。足總宣佈停辦四年的賀歲盃將於今年復辦，並邀請到陣容鼎盛之世界明星隊訪港，與香港明星隊踢一場友誼賽。一眾曾獲世界盃的明星隊成員包括：意大利的托迪、迪比亞路，巴西的李華度，西班牙的大衛韋拿，法國皮利斯及阿根廷華朗等世界級球星將於香港政府大球場落場獻技，令一眾香港球迷能親身觀賞，大飽眼福。是次農曆新年來港賀歲比賽，勢必帶來一股足球旋風，成為全球新聞亮點，同時亦令香港這個亞洲國際都會更上一層樓。筆者同全港市民一樣期盼新的一年香港能舉辦更多國際級大型賽事，提昇香港地位，拉動經濟，更能令廣大市民親身參與盛會，經歷盛事。

振奮人心的運動賽事後，筆者盼來了一場滬港台合作的文藝盛宴。原本在 2020 年香港藝術節便能觀賞到的一場舞台劇，因疫情延後了四年。年屆七十的台北當代傳奇劇場創辦人兼總監吳興國，聯同上海崑曲王子張軍合演的一套改變自莎士比亞名著，名為《凱撒》的舞台劇，作為第五十二屆香港藝術節之重頭戲，二月下旬在香港演藝學院首演。吳興國先生之前主演的電影及舞台劇，諸如《誘僧》、《宋家皇朝》、《慾望城國》及《李爾在此》等都以其精湛演技演功，深入揣摩人物個性，演活了戲劇中一個又一個主角，大獲好評。誠然，像這樣滬港台間的合作模式，精英盡出，優勢互補，共享成果，體現了大中華文化情懷的最終歸依。記得在 2017 年為慶祝香港回歸祖國二十週年時，滬港文化交流協會邀請了台灣情歌王子在上海大舞台舉辦了兩場演唱會。相信滬港台之合作早已深入民心，並能持續發揚光大，畢竟大家都是中華兒女，龍的傳人。

甲辰龍年快到，人人都盼着新年新氣象，盼家中長者身體健康，龍馬精神；盼家庭和睦幸福，和氣生財；盼紅鸞星動，良緣早結；盼世界和平，經濟復甦，社會安寧……那麼你呢？你又在盼甚麼呢？盼春天的腳步緩緩靠近，盼盛暑的果實，盼深秋的愛，還是盼着大約在冬季的一場久違的大雪，還有那個踏雪而來的大雪人？

2024 年 2 月 12 日

金龍威威迎向春

金龍威威迎向春
元宵夜前酒一樽
敬天敬祖敬人間
民安國泰萬事順

春，又一次來到人間。中國與世界迎來一個嶄新的甲辰金龍年，一轉眼彼此已緊緊相擁。

元宵節燈火熣燦，通宵達旦；情花開，開遍地。全國各地花市花燈會無數，月上柳梢頭，人約黃昏後。當中滬上城皇廟人頭湧動，熱鬧非凡，盛況超前。這個持續四十天的燈會把 2024 年上海民俗藝術豫園燈會推向高潮，它續寫了去年「山海奇豫記」的主題，今年開啓了「海經篇」的描述。

無獨有偶，「海經篇」遇上金龍年，各式各樣活靈活現充滿靈氣的龍，躍然眼前。一進正大門便是宴海閣的赤龍遂願，一條金黃配搭翠綠的巨龍呈現眼前，宛如正在歡迎着大家的到來。接着凝暉路上是鳳簫聲動，玉壺光轉，「一夜魚龍舞」，這兒每一尾魚都富有生命，仿似正堅定地游向遠方。中心廣場的飛龍躍海，雖然面容不及前面的祥和，瞪着龍眼氣勢懾人，讓人望而生畏，但細看並不算太嚇人。九曲橋上卻是嬌藍靈龍，浪漫優雅。傳説過了九曲橋，新的一年則萬事順遂，尤其情人愛侶經歷情路上的起伏波折，想必喜慶之事不遠了。當此嬌藍靈龍同大家眨眼時，不要忘了許願：願一家上下大小健康平安發大財。當然花燈除了以龍作為主題外，還有各種各樣可愛奇怪的內容，諸如珍珠蚌殼、盛開的鮮花、胖嘟嘟的小貓、飛舞追逐的蝴蝶等等。這裏每晚燈火通明，場面壯觀不言而喻，置身其中你仿似進入一個夢幻似的海底世界，海錯翻然星漢燦爛。加上城隍廟內豫園的一些古老建築，或者你也會懷疑自己是否穿越到古裝仙俠劇裏，正在與海龍王及龍公子們大鬧一場。筆者一路走過，雖則大家都是心口貼着背脊，但這周圍的繽紛燈影之景簡直令人歎為觀止，忘卻所有現實存在的一切。

元宵節後上海也少有地迎來了一場春雪，也正是在這場意喻「好兆頭」的春雪降臨之時，上海市僑辦僑聯及相關其他政府部門主辦了一場名為：「相聚上海，共創未來」的全球宣介會。來自全球六大洲三十多個國家的僑界團體及代表人士、港澳台專業人士及創業創新人士共二百多人齊聚浦東喜來登大酒店共襄盛舉。翌日更兵分東西兩路，實地考察黃浦、浦東、臨港新片區及靜安、青浦、虹橋中央商務區。親身感受營商環境，深入瞭解各項產業之最新出台政策。金龍年春上海會以更開放、更全面的氣勢擁抱世界。

龍年對於中國人來說是一個大年，每到龍年喜慶之事特別多，例如結婚、生育、開業等等。希望今年中國龍也能為世界帶來祥和穩定，趨吉避凶，龍年大吉大利。

金龍威威迎向春，在這一年開首的春天裏，願龍年世界和平，無災無難；願你我安康喜樂，有情有愛。

2024 年 2 月 28 日

春天來了

春天來了花千紅
紅了江山紅了夢
夢醒又起相思情
情到春分情更濃

寒冬肅殺擦身過，春暖花開新生活。回想在每一個冰冷的冬天，走在大街上冰天雪地，寒風刺骨，大家都在等待着春天的到來，期盼着節日的溫情，親朋戚友歡聚一堂，一年到頭總要團圓。一頓年夜飯，還是家裏最溫馨。

春天終於來了，在早春的二月，天氣乍暖還寒，北方的積雪並未全然融化，而南方有時亦會有「倒春寒」。在上海工作之餘，也意外地在元宵節後迎來了一場春雪，心情豁然開朗，掃卻一年來的工作壓力。離開公司，看雪花飄飄，歎咖啡濃濃，隨意一張餐紙，手執「英雄」鋼筆胡亂作詩一首：

春雪情深親上海，
今朝拚搏創未來，
龍飛鳳舞甲辰年，
莫負壯年莫負愛。

三月回到春天的香港，不難發現大街小巷春花處處，萬紫千紅，爭艷鬥麗。最常見的木棉、本地櫻花、宮粉羊蹄甲及樹頭菜等相繼開花。通紅的木棉，花型又大又重，開好紅花長出新葉；本地櫻花分別有緋紅櫻、富士櫻及吉野櫻三種，若不想飛去東瀛，大可去香港動植物公園、獅子山公園、城門河公園及東涌櫻花園等地碰碰運氣；原產地華南的宮粉羊蹄甲，樹高花豔，紫紅色的花還帶着淡淡幽香；而由九龍塘屋企行出太子道附近便能看見一大片的樹頭菜，由白色慢慢變成黃色，然後墜落滿地，灑落在喇沙利道、書院道及嘉林邊道等地，這景色曾幾何時成為一家人的最愛。看這滿城春色，怎不叫人深愛呢？回到香港總有說不出的自由自在，雖說每日清晨忙着送家人上班上學，再趕着去港九公司工作見客應酬……唯在春天裏，生氣勃勃，充沛精力，不就是要盡上自己的責任，努力工作，好好生活嗎？一年之計在於春，盼望好的開頭帶來更好的收穫。

春天來了，她無聲無息地來到你的身邊，將你悄悄包圍。眼前的景象，心中的感受無不激勵着你要把握住在春天裏的每一秒。因為春之力量特別強大，春之原義幾乎全褒無貶。當你喜歡上春，愛上春的時候，肯定在你思念當中也有春。此刻，想起英劇 *Peaky Blinders* 裏，湯米謝爾比（Thomas Shelby）別後重遇格蕾絲（Grace）說的一句話：「I hadn't spent a day without thinking about you.」（我沒有一天不想你）在春天裏，有沒有那樣一個人，也叫你每天都掛念呢？

2024 年 3 月 26 日

思念，在春天裏

今年，自從立春過後，春節來了，而至春分及清明前後，整個人都好似給春天牽引着。眼前春和景明，萬紫千紅，沉醉在春的懷抱中，內心總不免泛起無數春之詩篇。

遲日江山麗，春風花草香。
草長鶯飛二天月，拂堤楊柳醉春煙。
日出江花紅勝火，春來江水綠如藍。
俏也不爭春，只把春來報。

在春天裏，總是有一種自由奔放，向前向上，充滿熱情生機的動力，畢竟一切又重新開始了。趁着當下，去努力、去工作、去愛人、去思念……

春天的清晨，醒得特別早，漫漫長夜根本就不想入眠。昨夜星辰昨夜夢，千頭萬緒意矇矓。起身翻看睡前案頭的工作進程，缺失頗多，難作修改。唯天已亮，一日之計在於晨，打開窗戶，聽着鳥鳴，呼吸着清新的春之氣息，豁然開朗，一下子思潮翻滾，將工作文案從頭到尾重新草擬一遍。隨後習慣性地打開了大女兒的 IG，細看她在大洋彼岸的生活日常，還有她近七年來每月從不間斷地書寫着她那美東生活月記。一個小女孩未成年已遠赴海外獨自升學生活，完成研究生學位即投入工作，享受着屬於自己的生活，同時亦忍受着離家千里，思親念家之淡淡幽情。她作為大家姐深愛其弟妹，由於與妹妹相差歲數不多，彼此都有着共同成長的美好回憶。但弟弟因小她十多歲，令她常常覺得分隔兩地，無法照顧弟弟並參與其成長歷程，頗為歉疚……姐姐就是這樣一直牽掛着她的弟弟妹妹。

有人說，我看我我亦非我，誰造誰誰就像誰。孩子身上或多或少都有父母的影子。回想自己孩童時與弟弟的成長日子，父親是經常在外奔波，甚少在港。他雖並無太多直接參與我們兄弟倆當時的日常生活，但他的愛從來就沒有離開過我們。正如他也曾與祖父滬港兩地分隔二十一年，靠着那五百八十八封寫下序號的家書令彼此的心永久地連在一起。在這世界上有甚麼可以完完全全地分隔愛與思念呢？答案絕對是否定的！

在春天裏，你會想起一首詩，更會念着一個人，還有那無法忘卻的詩情畫意般，似夢勝真樣的愛。在春天裏，思念着那一個人，牽掛着那一段情。思亦相思，不思亦相思，相思處處，處處有儂。

思念，在春天裏

思念，在春天裏
想起城外山裏花兒迎風笑
思念，在春天裏
念着天涯咫尺佳人新妝俏

愛上春，卻不獨佔春

深於情而不陷於情
春已盛，萬物滋長當其時
情正濃，一心嚮往精力旺

春天匆匆去了悄悄來
春天思念，祝福並深愛着儂
心念中，春天一直都在

春天太美，因為萬紫千紅中有思念
春天太美，因為朝思暮念間有掛牽
春天太美，因為夢裏夢外總有相見

2024 年 4 月 5 日

影藝篇

聽《如願》念我和我的父輩

金秋十月，秋風送爽。國慶假後，秋意更濃。早出晚歸的上班族，相信深有體會。每到季節更替的時候，家中長輩總會提點兒女或孫兒女，天氣轉涼，早晚加衣。中國人一直都有這樣一句俗語，家有一老如有一寶。華夏民族，炎黃子孫，都以奉行孝道為己任，正所謂「百善以孝為先」。四代同堂，兒孫繞膝，這是何等的福分啊！曾經，自己也是曾祖母最寵愛的長重孫，回首往事，幸福一直都在不遠處。

月初內地國慶小長假，由於國家在防控防疫等多方面已累積豐富經驗，而且成效不俗，很多內地朋友憑持「健康碼」輕鬆自在地穿州過省，享受旅遊。同時，幾部國產大片上映，叫好又叫座。雖然這些電影尚未全部在香港上映，但主題歌曲已能上網先睹為快，飽享聽覺視覺之福。其中電影《我和我的父輩》主題曲便由香港歌迷熟悉的王菲演唱。筆者在沒有了解太多電影劇情的情況下，欣賞了主題曲《如願》的音樂短片（MV）。

> 你是明月清風，我是你照拂的夢，見與不見，都一生與你相擁……

這是一首由錢雷作曲編曲，唐恬作詞，由王菲用其獨有之清悠嗓音演繹的動人歌曲。觀賞着音樂短片，仿似進入歷史長河。《我和我的父輩》，從戰爭年代到解放後的和平年代；由新中國自力更生，艱苦奮鬥至改革開放；經歷貧窮後奔向小康；經濟建設，科技發展，脫貧攻堅乃至繁榮富強。一代一代的先人父輩們前仆後繼，嘔心瀝血地為今天我們美好和平的生活貢獻一切。

如果說，你曾苦過我的甜，我願活成你的願，願不枉啊，願勇往啊，這盛世每一天……

歌者清亮明朗的聲音唱出了一代代人的心聲。隨着歌聲筆者在記憶中再次尋找曾祖父、外太公、祖父、外公、父親及岳父等父輩們的蹤影。他們都是堂堂正正的中國人，大至為國家民族義無反顧，付出所有；小至愛家愛親，為家庭族人，無私奉獻。他們都是我一生仿效的榜樣，他們的形象在我腦海中永難磨滅。我沒有見過曾祖父，但他的愛國事跡，得到國家的表彰，幾代人都在傳誦。我的外太公是一位金融界領袖，力助曾祖父創業，彼此真情相交，更結為親家。解放後人民政府力邀他出任首屆政協委員，他賜我一個響噹噹的名字，望我能繼承曾祖父的事業，為中華揚威。祖父三十而立，長兄代父，他曾經是我們整個家族的希望，也是大家夢中的英雄，照顧關愛家族中幾十位成員，經歷近四十年。我的外公身體力行，教曉我愛的真諦是恆久忍耐又有恩慈。可惜的是父親與我都在同一年分別與我們各自的外公訣別。

你是我之所來，也是我心之所歸，世間所有路，都將與你相逢……

父親帶我來到這個世界，養育啟迪身教言教，心必受之方為愛，情義人生頌春恩。他將「愛」字拆開，定義愛必須由被愛方來解說，被愛者感受到付出的愛才是真正的愛。他出版《情義人生》書畫冊並開班傳講「情義學」。2008 年北京辦奧運，2010 年上海辦世博會，他欣喜萬分在港自資創辦《世界與中國》雜誌，一心盡己綿力將美好中國推向世界。一個月前離我而去的岳父是一位踏實平凡的香港警察，他對我的愛亦是不言而喻的。他同我分享了很多珍貴的香港真實歷史事件，教曉我在警界甚至社會上華洋如何和睦共處的事理。他為人熱心真誠，交遊廣闊，閱歷豐富，而且有一雙萬能的手，事事親力親為。兩位父親如今先後離我遠去，但與他們相處的每時每刻，今生都不會淡忘，我們的心仍是天地相通的。

山河無恙，煙火尋常……我將夢你所夢的團圓，願你所願的永遠，走你所走的路，這樣的愛你啊……

如歌輕訴情真，願曲療癒人心。千家萬戶，億萬同胞，每個人每顆心都惦記着屬於他們自己的「我和我的父輩」故事。錦繡中華，壯麗山河，龍的傳人，熱愛和平，承上啟下，開創未來。每一代人都在用愛譜寫着我和我父輩的傳奇。

2021 年 10 月 26 日

夢伴

伊人夜半把君盼
是情是愛是浪漫
夢裏笑聲夢外甜
伴渡餘生更斑斕

初冬假日午後，陽光溫暖小島。約上兩三友人，閒坐路邊咖啡廳，藍天白雲，咖啡奶茶，天南地北聊聊天。

近日一套講述生長在香港的一位女藝人的傳奇電影，在香港及內地票房不俗，叫座又叫好，成為城中熱議。梅艷芳，她是一位誕生於上世紀的香港歌星，逝世近二十年後，又「回到」大家的生活圈中。她一生的經歷伴隨着在演藝圈的高峰低谷，當然還有無數首經典金曲及 MV，再一次浮現眼前，迴盪耳邊。

上世紀八十年代初，梅艷芳通過參加由華星娛樂及無綫電視舉辦的首屆新秀歌唱大賽獲取冠軍而晉身娛樂圈。在獲獎之前，她已經是一位富有豐富現場演出經驗，身經百戰之歌廳及遊樂場駐場歌手。她同姐姐梅愛芳很小棄學從藝，小小年紀「跑慣碼頭」，為生計而打拚。

正式進入娛樂圈後，獲得公司賞識，伯樂栽培，華星公司黎小田及劉培基等傾力為其度身定製多首名曲及打造百變形象。當時香港適逢娛樂全盛期，有很多本地創作歌曲，也有一些是由歐美日引進，再譜上粵語歌詞的歌曲。梅艷芳初出道是以演唱徐小鳳的名曲而一炮而紅，到了簽約無綫電視時，當年由三浦友和及山口百惠主演的日本電視劇《赤的疑惑》、《赤的衝擊》在無綫熱播，她便憑主唱改編之粵語主題曲，一出道便走紅。緊接着推出的金曲《壞女孩》、《夢伴》、《蔓珠莎華》等將事業推上一個高峰。其中《夢伴》便是筆者那一代人最喜歡的一首歌，它改編自八十年代日本偶像歌手近藤真彥的名曲，由本港年輕填詞人林敏聰填寫粵語歌詞。歌曲節奏輕鬆明快，加上阿梅獨特的嗓音，嶄新的台風，此曲頃刻街知巷聞，年終更贏得不少獎項。

梅艷芳接着更歌而優則影，憑藉着天賦及自身加倍的努力，在銀幕上也創出一番驕人成績。在《緣分》、《似水流年》及《胭脂扣》等本港出品的電影中，屢獲殊榮，更在港台金像獎摘下影后美譽。

在娛樂圈名成利就之同時，也為「梅姐」在生活及情感上帶來極大壓力、是非及困惑。江湖恩怨風雨遙，娛樂浮沉情難了。儘管如此，她仍不失為一位義薄雲天，重情輕利之香港女兒。在家庭內，孝順奉養並不太疼惜她的老母親。在社會上，以演藝人協會會長及個人名義成立多個基金會，幫助社會弱小群體。在幾次內地發生天災之時，不忘中華兒女之根，四海一家，萬里同心，鼎力捐助。

但是，令人甚為惋惜的是長期歌影視三棲的演藝生涯，奔波勞累，日夜顛倒。同時更全心全力投入協會、基金會等會務工作的開拓發展中，令其在患上家族遺傳性癌症疾病後，並沒有得到及時醫治。於 2003 年年底四十歲便英年早逝。其時社會大眾及廣大歌迷影迷為之心碎，夢中伴友曲終人去。

在最後的告別儀式上，梅艷芳的家人選擇了以佛教「往生淨土」

作為大奠之禮。所謂塵歸塵，土歸土……當飛花四散，煙灰熄滅，千帆駛過，百鳥歸盡之後，心中「夢伴」，「孤身走我路」。一代巨星驟然隕落，神傷之處無法言表。「飛躍舞台」的「壞女孩」如今悄然離去，在「朦朧夜雨裏」，眾人以淚相送。無奈相憶時，仍然迴盪着「夕陽之歌」，「似是故人來」。四十載春秋，「似水流年」，萬千種風韻，「情歸何處」？

我從哪裏來？將往哪裏去？塵世的一切相信必定是一早注定的，只不過在未來到之時，我輩凡人不得預料罷了。天意弄人，命運的安排往往是出人意表的，同時也叫人不知所措。正因如此，請好好珍惜身邊的人、事和物，當然還有與他們共處的每個短暫一刻。

淺嚐一口咖啡，放下手中的杯子，大家都覺得致敬那回不去的美好年代，最好的方式便是從容邁向新一天。

2021 年 12 月 9 日

相信愛情，勝似神話

愛或不愛最好愛
情若非情非常情
神賜良人相信神
話長話短真心話

新禧元月奧密克戎 (Omicron) 緊緊抓住牛的尾巴，苦苦糾纏，全球流竄。香江小島亦深受其害，通關美夢又碎，新春禁令續延，全港過平靜年。反觀內地疫情緊張過後，自覺嚴控確診數目驟降。全國各地除個別中風險地區封區強檢外，亦未曾聽聞對堂食、運動、娛樂等處所下逐客禁令。

如今港人包括更多港漂，期盼春來關開回鄉去。在靜待冬去春歸的南方溫暖之地，唯有千方百計搜索內地娛樂資訊，以作思家情切之療愈。

去年底一部滬語電影《愛情神話》內地上映，票房不俗，影評亦佳。此片由徐崢監製，並上陣扮演男主角。編劇兼導演是來自山西的新上海人邵藝輝。內容很簡單貼近生活，講述幾個中年男女在一條小弄堂裏的故事。對於一個如筆者般近數年因公每月穿梭於滬港之滬籍港人，惱人的疫情不去，日常工作生活都受困。此時此刻唯有靜靜忍耐，聽着《愛情神話》裏熟悉親切的家鄉話，看着影片中自己曾漫步過的街道，不羈的心早已飛回夢遊之地。維港灣畔寂寥夜，外灘浦江燈影亮。藉看電影之名，治思鄉病為實。

相信愛情畢竟是永恆的主題。片中男主角白老師，一位中年男子，賣相平實，身材見胖，頗具才情。身邊圍繞着三位中年女性，風韻各異。有曾紅杏出牆的前妻蓓蓓，有投懷送抱的富女子格洛瑞亞，也有男主心儀的女強人李小姐。電影從小弄堂、老洋房到大劇院、畫廊、咖啡館，都繪影繪聲細膩描述着上海男女來去交往的小資生活，甚至街邊的小皮匠（補鞋者）也能頭頭是道的滿口洋涇浜哲言。愛情本來就是說不清、理更亂的事。情事或許是我與你還有他與她的故事，你愛他他不愛你卻愛她。

不過，影戲中談情說愛的上海人與現實中如出一轍，還是甚具分寸感，這也許就是這座令人驕傲的城市深處一直存在的文化底蘊和人文素養吧。上海人向來實惠，知道取捨。彷似跳查查舞那樣，cha-cha-cha 前後拉放扭，進與退有度。相信愛情開始時也會各自曖昧猜測，接着兩廂心領神會，互生情愫，愛信暗遞。過程或矯揉扭擰，來來去去則在所難免。正如片中男女主角在大夥兒歡聚同時，不忘手機約會傳情。而當男主角略想更進一步時，女主角則退思良久。影片並無觀眾期待的 Happy Ending，愛情最終常存盼望。

這不就是愛情嗎？若說相遇相識是緣分，那麼相親相愛肯定是由感覺而滋生感情。四目交投，一見鍾情，感覺強勁，愛意濃烈。喜歡一個人，你在對方身上看見、發現都是好的，但若愛上對方，則必須好的、壞的都要愛。愛情裏面或有一種複雜的化學作用，使得異性相吸變幻莫測。有些人是純純的愛，淡淡的情；有些卻相反，不壞不愛，不愛不恨，愛得天真，痛得也深。想來沉醉於愛中是不會有對錯的，有的肯定是兩情相悅，如膠似漆，難捨難離，生死相戀。

倘若愛情能修得正果，愛情便是唯一能享受經歷所有感情關係的演變及提升。從相識時單純的友情發展至親密的戀情，最後結成佳偶共諧連理，愛情昇華至親情。執子之手，與子偕老，開花結果，兒孫滿堂。或許愛情花開，並無果實，膝下尤虛，過着瀟灑自在的二人世界也無不可。誠然愛情也有始亂終棄無疾而終，因相愛而結合，至了解而分開。甚或愛着那撲朔迷離的情，愛情像雲如霧，似有還無，虛無飄渺。身邊人若隱若現，關係微妙，但不少人卻樂在其中，比神話更神。

相信愛情肯定勝似神話，因為愛情源於生活，也終將老老實實地回歸生活。生活並不局限於愛情，但愛情必能令生活更充實豐盛。相信愛情的人是幸福的，他們無需天馬行空的神話，他們沉浸在現實的愛情中。既使曾經滄海，千山獨行，心中偶然仍會泛起愛的漣漪。那一刻一個畫面，一個人影雖已遠去他方，但愛情卻依然還在，叫人牽掛一生。

2022 年 1 月 26 日

蘭以愛情救蒼生

華洋情人節日中
古今訣愛難輕鬆
蘭以愛情救蒼生
大愛無疆萬年同

正月立春過後迎來元宵節，中國情人節與西方情人節在 2 月再次喜相逢。在中國二十四節氣中，立春才算是春之開端，而華夏傳統生肖文化也與之吻合，真正的兔年由今歲立春始。在春天裏，中西情人節至，情苗初種，日夜滋生，兩情相悅，開花結果。

相信愛情勝似神話，有人說在生活中愛情是永恆的主題，因為它好似無處不在，被愛情遺忘的角落或許只是一部電影的名字。一套改編自九鷺非香小說《魔尊》的古裝玄幻愛情劇《蒼蘭訣》，最近在香港黃金時段熱播，筆者陪着家人一起「電視撈飯」。在對劇情毫不了解的情況下，首先是給劇中的主題曲、插曲等音樂深深吸引。小兒子偏愛音樂，聽了幾遍主題曲便琅琅上口，學着一起唱，普通話咬字音準方面也突飛猛進了。縱觀此劇劇情素材及內容都別具創意，縱橫三界上下幾萬年。人物個性鮮活，演員演繹入木三分，配上設計獨特的古代服飾，郎才女貌栩栩如生，古人一下子躍然眼前。而穿插拍攝仙境魔界人間三地，也運用了大量最新電腦特技，場景如幻似真江山若畫亮麗耀眼，令電視機前觀眾隨其鏡頭戲中神遊。

生命中的人事物有時是不期而遇，有時也會如約而至。慢慢入戲後每晚按時觀賞此劇，發現劇中兩位主人翁，小蘭花與東方青蒼身份、背景、地位、族群及個性都截然不同，偏偏因為一次無意的偶遇，仙女小蘭花令被困於昊天塔的月尊東方青蒼復活了，他們結下同心咒，從此同喜同悲，同傷同亡。原著小說作者憑其天馬行空之生花妙筆，將三界情愛俠義描寫得淋漓盡致，加上現今內地超卓越之電腦拍攝技術，更將紙上文字活龍活現地呈現於電視觀眾面前。這些優秀的內地影視作品也令海外觀眾大飽眼福，嘖嘖稱奇。

回看《蒼蘭訣》這部以愛情為主題的大熱劇集，家人追至大結局不禁觀之淚下。當兩個來自不同世界的人相遇相處相愛後，這份刻骨銘心的愛昇華為至死不渝的情，愛情回到原點就更單純而簡單了。東方青蒼號稱三界之首，法力無邊，貴為月尊卻愛上真正身份為息山神女的仙界平民小蘭花。一個沉睡萬年的無情大魔頭不但復活，而且本因修成業火已拔情絕愛的他又被仙女喚回了愛，甚且又因二次親吻而互換了軀體。這愛的滋生三個月卻似三萬年，身為三界至高無上的掌權者，弱水三千，偏偏只取一瓢飲。一旦他愛上了她亦一往情深，直至身死魂滅。

故事的發展隨着劇情高潮迭起，最後真正相愛的人都願意為對方犧牲自己，用愛拯救對方。東方青蒼心意已決把萬惡太歲引到自己心海中並與其同歸於盡，以自己的性命換回了小蘭花真正神女身份的使命，息山神女息芸為救蒼生而親自手持長劍刺向情郎東方青蒼。劇情發展至此，一個自願為救愛人而搭上性命，一個無奈刺死情人而完成使命，令人深深感悟到原來愛情偉大之處是能為營救天下蒼生而作出犧牲的。愛一人即愛蒼生，愛蒼生即愛世界。

在此中西情人節相逢愛的月份中，你無需似公仔箱內主角為愛犧牲自己，惟你仍可以盡好本分，為身邊人或社區付出愛與關懷，愛你所愛，莫負今生。

2023 年 02 月 08 日

儂本多情

儂人遠行歌猶在
本當輕唱低哼哀
多少離愁恨別事
情難自欺唯真愛

三月底回到香港，陰陰濕濕的微雨幾乎每天或早或晚來到維港兩岸「打卡」。早晨天色灰暗，略有涼意，駕車送孩子上學後我也趕着去工作。車上收音機連續幾日都傳來舊歌，全是張國榮的名曲，原來他已經離世整整二十年了。

2003 年 4 月 1 日，時年四十六歲，享譽海內外、極富才華的巨星張國榮選擇結束自己的生命。當時這突如其來的噩耗帶給廣大歌迷一個沉重的打擊。眾所周知，張國榮先生是一位極其執着於專業藝術表演的流行歌曲界的大明星，也是華人世界文化藝術事業中最具影響力的人物之一。他的離世象徵着演藝界一顆璀璨耀眼的明星驟然墜落。

Leslie（張國榮的英文名）出道於上世紀七十年代末期，在某電視台歌唱大賽中獲得亞軍而獲唱片公司青睞。初期出過中英文唱片各一張，但銷量不佳。直至八十年代初，香港著名填詞人鄭國江先生將當時山口百惠的一首日語金曲《道別的彼端》填上粵語歌詞，由 Leslie 主唱一炮而紅。接下來整個八十年代、九十年代甚至千禧年代，他的粵語金曲一首伴着一首，《Monica》、《當年情》、《有誰共鳴》、《不羈的風》、《無心睡眠》、《追》……把他的演藝事業推上巔峰。「哥哥」（張國榮的昵稱）歌而優則演，陸續出演了許多經典影視劇，諸如電視劇《浮生六劫》、《儂本多情》、《武林世家》，電影《鼓手》、《緣份》、《胭脂扣》、《霸王別姬》及《金枝玉葉》等，1991 年憑王家衛執導的《阿飛正傳》獲得第十屆香港電影金像獎最佳男主角。

送了孩子，車子還在快速公路上風馳電掣地駛去公司。車內收音機還在不停地播放着「哥哥」的首本名曲《儂本多情》，這也是我曾經最喜歡的一首歌。「哥哥」張國榮肯定就是這樣一位多情的人。回想自己整個中學時代就是沉浸在「哥哥」和「校長」譚詠麟等歌手的首首粵語金曲中，那些歌曲百聽不厭，至今仍記得歌詞。有時突然會不自覺地在嘴邊或心中低聲淺唱，無論得意失意，順境逆勢總會給自己「默默向上游」的力量。有人說，如果你現在要寫一封信，給十年前、二十年前甚或三十年前的自己，你會與自己訴說甚麼呢？

Hi，好久不見，一切都好吧。謝謝你，因為有了你當時的努力，我才能擁有今天的一切。謝謝你，因為有了你當時的經歷，我才能得到今天的回憶。

2023 年 4 月 5 日

夢到長安三萬里

夢到長安三萬里
詩情畫意心欣喜
當年子龍從軍行
激濁揚清奔鐵騎

八月下旬與家人外遊回港，夜機在半空中盤旋下降，香港燈影光亮，璀璨夜色盡入眼簾。每次由外地回來，總感覺吾家香港絕不遜色於世界上任何一座國際大都會，而屬於她的最美好時刻，仍叫人期待。

回港後的週末，夏日將逝，帶着小兒子緊抓着暑假的尾巴，避開炎夏烈日，躲進電影院看戲去。《長安三萬里》，一部國產大型動畫電影深深地吸引着我和小兒子，早前在內地大小城市公映，賣個滿堂紅，叫好又叫座，近日香港終於也正式公映了。

《長安三萬里》一部由謝君偉及鄒靖執導的 3D 動畫片，內容講述盛唐興衰、戰亂及平亂後的一段歷史。其中主要是以劍南節度使高適憶述與詩人李白相識於年少，以及之後數十年的歷程貫穿全片。片中描繪了李白及高適，兩個家庭背景、出身際遇、抱負性格截然不同的人，相遇相識，相知相交，相聚相離，最後高適又相救了李白。

原來人一生的高山低谷，生死禍福都不是自己能預見或參透的。才情如李白，年少時凌雲壯志，大鵬展翅，總想着「長風破浪會有時，直掛雲帆濟滄海」。但好幾次失意於舉薦，再加上父親離世，兄長們又瓜分了家業，一夜間由一個風流富二代，突然變成背井離鄉之窮書生。後來歷代傳誦之《靜夜思》原來便是在當時窘迫不堪的夜晚創作而成。

看着這套近三小時國產普通話動畫大片，令我大感驚喜的卻是小兒子如此專注沉迷於戲中的那些唐詩。普通話的詩句，他卻暗自以粵語在輕輕背誦。我忍俊不禁在他耳邊說，回家教你用普通話背唐詩，他也笑了點頭。在整套《長安三萬里》戲中，我從影評得知，共彙集有四十八首詩詞，而每當到了詩人與詩同場展現的片段時，大家的心都隨之盪漾。

回到戲中，高適一邊在布局智鬥吐蕃軍，一邊在同皇上派來陣前監軍的程公公憶述與李白的相交過程，年輕時他倆一同赴長安、返揚州、相約黃鶴樓等地。一幕幕大唐盛世的場景，穿插其中的便是由 3D 動畫所繪製出來的絕美畫面及一首首詩。高適通過李白在長安認識了一大批當時名極一時的詩壇名家，諸如王維、杜甫、孟浩然、賀知章、張旭等等。原來彼時李白得到玉真公主舉薦，被皇帝賜予翰林大學士，在長安以詩會友，廣交天下文人。夜夜美酒舞姬笙歌，輕狂不羈。也正因如此率性自我、灑脫天真而得罪權貴，被貶離長安。唯李白本來就才情橫溢，自傲狂放，從不計較功名利祿。「天生我材必有用，千金散盡還復來」，在一生追求的道路中，他得而復失，隨着年歲的增長，完成自己的心願之路，越發渺茫。他自覺「抽刀斷水水更流，舉杯消愁愁更愁」。高適告訴程監軍李白也曾心念引退，唯永王李璘三顧草廬請李白出山，永王叛亂事敗，連累李白也身陷囹圄。

戲中劇情發展至此，觀眾都為李白如此遭遇而心酸感傷。關鍵時刻高適通過郭子儀向聖上進言特赦李白，放逐還鄉。一首膾炙人口的《早發白帝城》(又名：下江陵) 便是李白此時創作的七言絕句。他將歷盡劫難重獲自由之喜悅與眼前所聽所見之彩雲猿聲輕舟萬重山同步串連，短短二十八字，氣勢浩蕩，辭鋒雋秀，一氣呵成，奔向未來。回想曾經年少得志，身居長安，深得寵信，被封要職，與權力中心如此接近，而今卻險成階下囚。人生一夢，不醒不歸。好在大赦了，正是「兩岸猿聲啼不住，輕舟已過萬重山」。

一個人由少年、青年、壯年到晚年，一生所追求的夢想是與現實越來越接近呢，還是相去已遠，回首虛無呢？相信看完《長安三萬里》，你也會去尋找屬於自己的答案。

2023 年 9 月 5 日

抓緊每一天

立冬細思舊日夢
暴雨驕陽築彩虹
春風撲面桃李笑
樹人育才千斤重

上世紀八十年代末，完成中學的預科班課程，順利考入葛量洪教育學院，接受為期三年的全日制準教師課程。

葛量洪教育學院正校座落在九龍加士居道裁判署旁邊的小半山上，走上去需經過一條長長的斜路，然後在學院正門口就是一個迴旋處。駕車回校的導師們便由此進校泊車，而當時為避免遲到，很多同學都「飛的」上斜路。而一班主修體育科的同學對此斜路更「情有獨鍾」，因為他們時常為訓練越野跑而上上落落，那裏儼然已成為他們專有的「汗水地帶」。分校則是在鬧市中的旺角中心其中三層，平時很多時候同學們都會在彌敦道上疾行或漫步，來回於正校與分校間，趕着上不同的課程科目，間着「走堂」(蹺課) 嬉戲……

當年一群懵懵懂懂十幾二十歲的同學們剛出中學校門，便開始接受師訓，並在此結緣。後來大多數都在本港教育界服務，有入職政府掌管教署的，亦有榮升校長管理學校的……唯彼此之間的友情千載不變，此乃後話。

荏苒的時光，疲憊的人心。但是，一段段青蔥歲月的往事卻記憶猶新。彼時初入學院，各自可能都希望將來畢業能有一份良好的工作，穩定的收入，不錯的待遇，而且在那個年代任職教師嘛，總比一般其他職業多一些假期吧。説實在的，大多數入讀學院的同學(包括筆者)都沒有甚麼宏大的教育理想。

但是，踏入校門時的迷茫，在三年的學習領悟自省與磨煉後似有改觀。當時的課程也很緊張，除了在課堂上接受教育理論及學科知識外，每學年會去中小學實習(Teaching Practise)六至八週。實習也是一種實際考核，導師會作階段性觀課評分。當時大家同學都戰戰兢兢，苦樂參半。要預備一大堆的備課教案，要在課堂上管理好學生並傳授知識，對大專生來説算是蠻辛苦的。不過，在實習學校中，有幸接觸到新的環境，新的人事，新的體驗，又能融入到學生當中，着實也有無比暢快的經歷。

記得那時在實習前，導師安排我們在學院大講堂觀看《暴雨驕陽》(*Dead Poets Society*)，一套由澳洲籍導演彼德威爾(Peter Weir)執導，已故金像影帝羅賓威廉斯(Robin M. Williams)主演的，講述教育及師生關係的優秀電影。電影通過一位新老師在傳統學校內，用自己的方法教學，希望每一個學生都能清楚認識自己的興趣、愛好、目標和前途。鼓勵他們抓緊每一天(Seize the day)，努力活出屬於自己的生命。人生只有一次，不需要活在他人的期望中，打破眼前的框框枷鎖破繭而出。一位身教言教的好老師，令學生受教一時，受用一生。

後來在踏出校門執教的十多年中，筆者亦曾反復重看此部電影。想來教育除了是傳授知識，教曉技能外，更重要的是作為一個引路人吧。竭盡全力因勢利導，循循善誘，充分發掘學生之潛能，把他們引向屬於他們自己的跑道。學業成績欠佳的，可能運動很厲害；不曉運動的，可能極富創意；缺乏創意的，可能具音樂天賦。行行出狀元，路路通羅馬。

「Seize the day」，雖說如今離開了教育行業，唯仍想抓緊每一天在工餘的時間，為教育略盡綿力。之前有幸為香港演藝學院畢業生赴滬同「上戲」交流而穿針引線，看到畢業生們在上海的舞台上用粵語完成畢業演出，自己也為他們送上掌聲。疫情後感謝滬港兩地有關方面安排港澳台大學生在上海各大公司實習六週，能作為他們的義務導師帶領他們週末參觀走訪各大博物館、圖書館及科技館等地方，自己彷彿又回到執教年代，與年輕人在一起總是令人輕鬆愉悅。近日，在機緣巧合下撮合了深圳寶安中學集團海天學校與本港宣道會屬下小學締結姊妹學校。深港兩校師生頻密來往，接觸交流並互相學習，共同進步，為國家未來優秀人才之塑造添磚加瓦。原來所有的成就莫過於成就他人。

抓緊每一天，感恩自己能在不同的行業中，堅持去做自己熱愛的事情。父親曾經說過，人生不短不長，抓緊它，每一分每一秒都是屬於你的！

2023 年 11 月 8 日

歌

歌一曲致敬昔時
唱不停禮讚今日
我欲舉杯迎小雪
心繫大雪勝利至

《遲來的春天》、《夏日寒風》、《愛在深秋》、《這個冬天不太冷》……這些歌名、音律及歌詞隨着季節轉換，自然而然會飄盪在廣大歌迷耳邊。百聽不厭的金曲，相信在香港年齡如筆者一般之人沒有誰會感到陌生。一首首耳熟能詳的歌伴隨着大家成長成熟，由学生至在职、課餘、工餘或是在旅途上的人，從聽着卡式音帶(Cassette)、CD、MD、iPod 到聽手機的人，都不間斷地享受着音樂帶來的力量或放鬆。

《As time goes by》、《Yesterday once more》、《The way we were》等都是小時候喜歡聽的西洋情歌。記得每到 2 月 14 日西方情人節前夕，香港各大唱片公司都會將一些膾炙人口的英文情歌彙集輯錄出版，一輯輯經典，一闋闋老歌，筆者購買回家，日夜播放，唯至今仍完整保存。那時極之願意省下零用錢去買新唱片，但現在卻不願意出錢買手機內音樂 App 的月費。或許是觀念的老化，總覺得一張黑膠唱片或是 CD，物有所值可珍藏一生。而現在手機上的 App，用的大部分都是免費的，花錢購買好像沒有必要。

以前聽歌常會將一首喜愛的歌反覆循環，直至音韻歌詞都已嵌刻在腦海中，那些歌詞琅琅上口，更可以倒背如流。而且每張唱片內都不止有一首喜愛的歌，起碼有一半。記得那時候譚詠麟、張國榮、林子祥、陳百強、梅艷芳、葉蒨文等在先，後有張學友、王傑、杜德偉、Beyond、黃凱芹……實在有太多香港優秀歌手，以及屬於他們的首本名曲唱響了整個時代。每一首歌都會有一齣音樂電視（MTV）。當時的 MTV 落足本錢，並聘用具潛質之當紅藝人，拍攝手法也極之創新多元，因此追看 MTV 也是一種時尚。

歌，大多數人都會愛它，而且都會有一張屬於自己的歌單。無論是陪你成長的，或是新近發現的，還有子女推介的，只要是好聽的歌，都要好好珍藏。因為可能有一日，當你遇到生活中難以解決的問題，來聽一首歌……再聽一遍……反覆聽，問題或許會迎刃而解。

來，一起聽一首 1991 年葉蒨文、杜德偉首發的合唱歌《信自己》，祝願 2024 年世界和平，大家安好。

信世間，始終會美
信戰爭，有天枯死
信四海，許多正氣
信這些，不變的真理
像我深深相信愛是美好
像你真心真意相信我
知否我也相信
永遠相信你……

2023 年 11 月 21 日

讓愛

讓愛和平全世界
黎明光照驅黑夜
大雪日至常念春
忍耐謙讓愛更烈

冬日小雪時回想夏至出差高雄及上海，中途於台北會友。第一次乘搭上航由松山飛虹橋，旅途頗為舒適，飛行時間也不長。那次由於多城市往返，分別乘搭了華航、上航及國泰。這三家台滬港的航空公司都是筆者喜歡的，其中國泰同上航乘搭次數最多，華航則相對較少，但乘搭華航每次都會給人驚喜。 記得十多年前帶兩個女兒乘搭華航到台灣觀光，飛機上的兒童餐不但有美味的食物，還有小禮物，包括小畫本、顏色筆及小書籤，逗得小朋友們欣喜若狂……而是次乘搭只有短短的一個半小時，加上機等候，共近兩小時多。筆者偶爾翻看了一部老舊的好來塢經典電影「北非諜影」（*Casablanca*）。

此片由四十 年代當時得令的堪富利保加（Humphrey Bogart）及英格麗褒曼（Inqrid Bergman）主演，當年更摘下了奧斯卡最佳影片、最佳導演及最佳改編劇本獎。除此之外那首百聽不厭的主題曲《逝水流年》（*As time goes by*）更是筆者的最愛，黑人男歌手杜利威爾遜（Dooley Wilson）沙啞的嗓音伴着簡單的鋼琴音鍵，一字一字的慢慢吐出來，「As time goes by」……

《北非諜影》，一部黑白老電影，後來也曾利用影視科技加上色彩，唯感覺上黑白更具韻味且貼近故事時代。在那個煙火紛飛的戰爭年代，在北非一個法屬小城，法、德、美籍等人員及當地非人之間那種剪不斷、理還亂的人際關係，又摻雜了敵我陣營及友情、愛情等各種奇異元素。但主題還是挺鮮明的，男主角酒吧老闆力奇（Ricky）為了崇高的正義感，捨棄了美好的愛情。他選擇冒死送女友及其丈夫，反法西斯地下軍領袖離開卡薩布蘭卡，而自己則留下善後。那種在戰爭年代捨己救人並讓愛的精神，打動了一代又一代的影迷。男主角最後在機場送走女主角的那一幕，他說，We'll always have Paris. 他沒有說他愛她，也沒有說甚麼會等她之類的話。他只說了，他們在巴黎共度的一段時光，彼此肯定會鐫刻於心，銘記一生。試問古今中外世間有多少男人會將自己的至愛讓給他人呢？看完這一部電影，細心想想美國人的確是一個挺有趣的民族，在現實生活當中他們明明是那種熱愛自由、我行我素、橫刀奪愛的西部牛仔。但一進入電影世界，他們都變成那種為理想讓愛的情聖。

1990 年美國電影人奧斯卡導演獎得主羅拔烈福（Robert Redford）據聞為了致敬這套 1942 年完成的《北非諜影》，也拍了一套自己擔任主角、同樣主題為讓愛的電影，《情迷夏灣拿》（*Havana*）。電影講述 1958 年 12 月的古巴，男主角是美籍職業賭徒傑克（Jack），在當地參加一場大型撲克牌比賽時，邂逅了一名美麗已婚女子並墮入愛河。但當他倆得知女子的丈夫——一位革命軍領袖在獄中未死之後，傑克便奮不顧身為營救女友的丈夫而差點賠上性命，最終傑克也是為了古巴偉大的革命而讓愛，並且用去了他身上最貴重的財物把革命軍領袖救了出來。

回歸現實，電影中「讓愛」的主旋律的確會讓觀眾着迷，別人不說，筆者有時亦會進入戲中並深深地陷了下去。「生命誠可貴，愛情價更高」嗎？其實，人的一生中，最重要的事莫過於生命，若有人連生命也可以捨去，那「讓愛」也就算不了甚麼了。反正茫茫人海，芸芸眾生，「讓愛」與「奪愛」仿似一直在爭鬥着。人的理智明明已發出指示要「讓」，可感情用事的心卻偏偏要去「奪」。最後「讓愛」或許只能出現在電影裏，成為一段佳話。「We'll always have Paris.」法籍友人常說，你若沒來過巴黎，你不會懂得人間的浪漫。你同意嗎？筆者倒是覺得「讓愛」或許不失為另一種浪漫人生。午夜夢迴，你曾為了愛她而成全她，讓她飛向更遠更美好的未來，心之所思，隨夢高飛。

2023 年 11 月 30 日

猶記繁花樣年華

猶記繁花樣年華
濃墨點青愛若畫
鏗鏘成韻情似詩
瞬至即逝皆閒話

寒冬夜盼春日近，新禧年記年少情。近日一首首三十多年前的舊曲又再熱播，令人彷彿穿越時光隧道回到了過去。香港滬籍著名導演以拍電影之唯美大場景手法拍攝了一部改編自得獎小說，講述上世紀八、九十年代上海灘弄潮兒由發家至歸隱之電視連續劇。背景音樂選了同時代好幾首國語、粵語及日語等金曲，切入電視畫面，襯托劇情走向，反映人物戲份，音樂畫面配合天衣無縫，且具震撼力。劇中描述男女主角在東京初遇的一幕時，便響起了那首大家都耳熟能詳的《東京愛情故事》主題曲。相信此時廣大觀眾一定熱血沸騰。導演對於拍攝的執着，大家早有所聞，唯對樂曲的鍾情偏愛原來也不同凡響。

八、九十年代的東京，劇中男女在此相遇埋下情苗，後面感情發展遞進，劇情也隨之盪氣迴腸……那個時候的東京之夜，在鏡頭下所見黑漆漆的有些許亮光，不知道是實景還是場景所拍，一瞥之下還是令筆者感慨萬千。同時期的東京對於自己來說卻是一個於重逢後不覺分手之地。那年二十出頭的小伙子初到東京，為的卻是追尋記憶中難忘的初戀女友。但是，這個讓人期待已久的別後重逢卻是沒有甜蜜的笑聲，相反只有苦澀的心酸。那天大家相約在墨田區的 Sumida Coffee，靜靜的一個下午也沒有聊上幾句。那個下午喝的黑咖啡是自己一生中覺得最苦的一杯，儘管如此還是要把它喝完。

回想當初那個寒冬良夜，父親堅持要一家人春節回滬探望家中長輩。節後參加了一位老師在家中舉辦的私人舞會，結識了老師的千金小姐。至此以後便滬港兩地保持着書信往來，幾乎每週都在寫信及等來信。彼此之間的感情躍然紙上，兩年多後的一個暑假，回到上海與她一起遊走京滬。那一夜在由北京回上海的列車上，大家聊着聊着便牽起了手。年少無知，情濃卻痴。她是一個比自己大一歲，陽光爽朗令人想靠近的女生。好在那時的她也不計較年齡的差距，真心真意地付出了感情。年輕的自己又何嘗不是挖心掏肺的，愛得癡迷，愛的濃烈……現在回頭看來那個似繁花樣的年華，畢竟已離大家遠去。後來她嫁了一位成熟穩重、事業有成的港生，筆者自己也遇到命中姻緣的另一半。其實，大多數的愛情故事都是這樣，剪得斷、理不亂。在成長的歲月中，各自都奔向屬於自己的美好未來，就算所謂「空門」，也不存在着甚麼後悔與懊惱，緣分姻緣由天定，愛侶夫妻廝守親。

有人說，相信愛情勝似神話，初戀對每一個人來說應該都會是刻骨銘心的。年輕純真，從來都不會計較甚麼利益所在，簡單而開心地交往着，好像也沒有太多對於未來的憧憬。唯人隨着年歲的增長，絕對是不可能回到當時的那種心思與狀態下。或許正因為如此，在一套熱播的電視劇及十多首懷舊金曲的誘導下，在筆下紙上追憶似水流年，猶記繁花樣年華。

導演說看繁花尋繁花，每個人都有屬於自己的繁花。念念不忘，繁花處處，或許不是不響，而是必有迴響！

2024 年 1 月 19 日

運動篇

拚搏東奧勇摘金，莫負家國莫負親

2020 年第 32 屆東京奧林匹克運動會，終於在 2021 年 8 月 8 日順利閉幕。因應一場世紀疫症，國際奧委會史無前例地對本屆夏季奧運會作出了延期一年之決定。在新冠病毒不斷變種肆虐下，主辦國城市疫情持續不穩。國際及日本奧組委承受極大壓力與風險，在嚴格的防護檢疫措施下，舉辦了一屆沒有國外觀眾的變相「閉門」奧運會。

值得慶幸的是，世界畢竟是一個大家庭。各代表團體育界運動員都摒棄政見分歧，地域紛爭。在加強抗疫防護並注射疫苗後，力爭出席四年一屆之體壇盛事 —— 東京奧運。

在剛去的十七天中，各國運動員為國家及自己在競技場上拚搏、激鬥的場面，每天都通過電視及網絡展現在世界觀眾面前。體育運動的比拚，本身就是這樣振奮人心，時而熱血沸騰，甚者盪氣回腸。與勝利者同慶同笑，與落敗者歎息同泣。誠然運動比賽總有勝負，勝固可喜，敗亦欣然。其實能躋身奧運會這個世界頂級比賽場地，已全都是各國及地區的頂尖運動員，參加者不已經都是人生贏家了嗎？唯運動員既然已來到了奧運場地，必定個個都拚盡全力，使盡渾身解數，力爭金牌，不負此生。

當運動員通過努力奮戰得到勝利，踏上領獎台的一刻，奏起莊嚴的國歌，國旗冉冉升起。他們心中必定百感交集，充滿喜悅之餘也不忘感恩。除了要感謝昨天的自己，為了運動，為了理想，日以繼夜無盡的付出；當然也要感謝栽培他們的國家以及各級教練，培訓員等等；自己的家人肯定也為此長期默默地無私奉獻。

在這次 2020 東奧會上，中國、中國香港的運動員表現非常出色，實在是一件令人振奮鼓舞的事情。炎黃子孫，華夏精英，堅持不懈，永不言棄，最後的勝利，必屬奮進者！從電視上看見，一些獲獎牌的香港運動員及教練，在訪問中都不忘感謝國家隊的支持與幫助，因為香港運動員能長時間同國家隊一起訓練，加速了成績之提升，為贏得奧運獎牌奠下基礎。

與此同時，在東奧會上，也看見很多感人的場面。有兩位跳高運動員同得冠軍，也有跑步運動員將金牌推給對手，又有劍擊運動員輸了，不住地向支持她的民眾道歉……其實奧運精神並非單一地體現在運動之體能、技巧及合作攻防上，而是人性、友情及價值觀的呈現。常言道，友誼第一，比賽第二，正有此意。

國際間通過比賽交流，競爭比拚，增加認識，增進友情。一場比賽可能令兩個曾敵對的國家，踏上合作之途。這種情形在歷史上比比皆是，在古老的歐洲就有因為一場競技比賽，兩個民族暫且中止一場戰爭。

通過觀賞奧運會，我們清楚認識到，在運動場上必定是公平競爭的，而且須要遵守遊戲規則。奧運的真諦就是和平、團結及進步。請不要將政治與紛爭滲入其中，這是一片純粹的友誼天地。

告別了東京的夏季，期盼着迎來明年北京的冬季。2022 年第 24 屆北京冬奧會，世界聚焦中國。大約在冬季，我們又會在一起！

2021 年 8 月 6 日

虎虎生威頌春恩

日新月新年同暉
送牛迎虎虎生威
新春全球齊祈願
平安康復早回歸

辭舊迎新，元月過後逢正月，送別祥牛猛虎到。全球華人熱切期盼之春節也如約而至，任疫疾瘋狂肆虐，憑病毒狂飆流竄，都是無濟於事，因為它們是擋不住春的降臨的。在世界上任何一個角落，只要是有中國人的地方，就會有春節。春節是中國人傳統節日中最重要的一個節慶日子。農曆新春，春回大地，春暖花開，春意處處盎然，萬物勃勃生機。在春天裏，親朋戚友聚首一堂，老老少少歡聲笑語，迴盪耳旁。彼此互道平安，你我共祝幸福。

香港，一個中西交匯、華洋共處的國際大都會，自上世紀初起，每年新春正月，大約在初一及初四都會舉辦賀歲盃足球賽（除了二戰時停辦過），港人俗稱「賀歲波」，每年都是豐富多彩的賀歲慶祝節目中最重要的一項。可惜近年因新冠肺炎疫情已連續停辦了三年，正當眾多球迷苦惱沉悶之際，衛星直播的一場法國甲組聯賽卻令如筆者般酷愛足球之華人球迷喜出望外。日前在巴黎聖日耳曼主場對蘭斯的一場比賽中，主隊球衣令華人球迷眼前一亮，全部都印有中文譯名，梅西、拉莫斯、迪馬利亞……而在看台觀眾席豎起一面巨大的紅色幕板，寫着「巴黎聖日耳曼祝中國球迷朋友虎年大吉，虎虎生威！」法甲球會率一眾世界級球星齊齊向華人球迷恭賀新春，並交出一場富精彩戲碼之賽事，主隊淨勝四球。觀畢球賽，心滿意足。

感恩新春原來亦可拉近世界人民的友誼，其實在地球村大家本是一家。中華民族源遠流長，仁愛和諧，移居海外的華僑亦都在各地安居樂業，並將傳統春節落地生根。無怪乎每年春節各國政要名人都會向中國祝賀拜年，其中很多外籍朋友都能操一口流利的中文，令人歡喜不已或忍俊不禁。

春已歸來，看美人頭上，裊裊春幡，無端風雨，未肯收盡餘寒……農曆新年，在春節裏，世界華人又迎來了一個虎虎生威的壬寅年。在世界局勢變幻莫測的今天，美國歐洲政治經濟風向不定，新冠肺炎疫情仍在猛烈反撲，近憂加遠慮，似乎難見樂觀。但是，在我們中國人的春節裏，全球華人還是喜氣洋洋地團聚一堂，和諧吉祥地歡度新春。相信在地球上只要有春節，就有祥和團圓；只要有春節，就有感恩珍惜。

春，每年我們都會在此相遇一次，你是起始，你是溫暖；
春，幾許期盼幾許夢，人間的一切希望夢想都源於春；
春，人人都盼着你，盼着你為大家帶來好消息；
春，也只有春，永遠是我夢裏一生的思念與牽引。

2022 年 2 月 4 日

說說吉祥物的魅力

人間四月天天等
沸騰生活心或冷
疫境抗難迎吉祥
五月煥然一新城

穀雨過後春要走了，初夏的暖流正悄悄地滲入晚春中。回想春來時，山裏山外，萬紫千紅。猛虎嗅薔薇，飛鳥盡回歸。今春最美立春始，在立春後的兩週內，北京主辦了一場舉世矚目的冬季奧運會，和平團結友誼，可信可愛可敬。中華兒女有意願，有決心，也有能力推動奧林匹克運動的發展，促進全世界人民的友誼團結。

在此次冬奧會中，除了立春日開幕式，中國向世界展現了華夏二十四節氣倒計時的浪漫及氣勢。在每個場區精彩絕倫的賽事，及各地選手力爭奪標的激情及拚勁之外，場內場外最受關注的肯定是吉祥物「冰墩墩」。

「冰墩墩」看似一夜爆紅，其實一點都不簡單。她由廣州美術學院設計團隊設計，最初在全球近六千件冬奧吉祥物徵集設計方案中嶄露頭角，後來又注入新的元素，再經過改良，最後成型為具國寶熊貓形象又富有超能量冰晶外殼的航天員。她也寓意非凡創造，為探索未來追求無限可能。

無可否認，吉祥物文化在各種大型文藝及體育賽事中是不可或缺的重要元素。本屆北京冬奧吉祥物冰墩墩旋風便是最好的證明。一個成功的吉祥物可提升活動本身的宣傳效應，更能帶來多元化的經濟收益。

日本是一個吉祥物文化發展得比較完善的國家，幾乎在每個府縣及一些大型企業都有自己的吉祥物，而吉祥物在提高當地知名度，增加各類消費，推動地方旅遊發展等各方面都有所裨益。

可喜的是香港也有一群年輕人於 2018 年成立了「國際吉祥物聯合總會」，是本港首間吉祥物開發及推廣發展的非牟利機構。世紀疫情前，曾遠赴東瀛取經學習並參加了一些日本吉祥物大賽，與宮崎縣、栃木縣及鹿兒島等地吉祥物締結友好聯盟。總會在短短三年多時間內為本港組織發展了近四十多個原創吉祥物及其機構為會員或參與共融活動，其中包括保良局、扶輪社、樂善堂等都先後參加了總會主辦的香港吉祥物大檢閱、香港吉祥物人氣大賽等。同時，總會還合辦及資助了一些推廣社區共融服務計劃，以及組織中小學生、年輕人發揮創意設計製作吉祥物，隨後一起為社福機構、學校社區等提供探訪服務。

近年疫情起伏，唯該會仍在身體力行，默默推廣吉祥物文化，在第五波疫情放緩之際，總會計劃組織會內二十五個吉祥物，探訪包括聖公會、東華三院、宣道會等二十五間中小學，為疫情後復課的師生家長打打氣，也為慶祝香港回歸祖國二十五週年略盡綿力。

或許在盛夏來臨之際，你偶然會在香港的大街小巷看見一個吉祥物在與你揮手，請不要忘記與他打個招呼，或者擁抱一下，一起照一張相。在疫情逆境中，吉祥物一定會帶給我們歡樂的心情，吉利的意頭，祥和的氣氛。

2022 年 4 月 26 日

贏盡人心是足球

綠茵競技初遇秋
贏盡人心是足球
萬古百年世界盃
決戰冬後創新猷

世界在持續近三年的新冠肺炎疫情下，迎來了新一屆的世界盃。第二十二屆世界盃足球賽於 11 月 20 日，在中東國家卡塔爾揭開帷幕。一如既往三十二強分八組，每組四隊進行分組計分賽，進入十六強後便以淘汰賽作為晉級去留。驟然間一股足球旋風再次席捲世界。

小雪前，工餘在上海相約友人一起觀看開幕式及揭幕戰，酒吧內大型電視投射熒幕前的氣氛持續高漲。專業也好，業餘也好，球迷們一同為世界盃的到來而興奮呼喊。雖然國足沒能晉身最後三十二強，但中國建設、中國基建，中國小商品遍佈此次世界盃主戰場。還有更值得喜慶的事情是我們的國寶熊貓在當地也大受歡迎。而在開幕禮上走紅的卡塔爾小王子更錄製視頻，對中國網友表達了問候與感謝，邀請大家一起看足球。其實是次世界性的足球比賽，本身主題就是全人類的聚會，通過人性、尊重和包容來彌合分歧。無可否認中國為這屆世界盃已作出了巨大的貢獻。

世界盃是由國際足球協會主辦的一項男子國家足球隊之間的最高級別的國際足球比賽。回看每四年舉辦一次的世界盃，已有近百年歷史。由 1930 年舉辦首屆至今，轉眼就要跨越百年了，除了有兩屆（1942 及 1946 年）因第二次世界大戰而停辦，其餘屆次都如期在世界各地舉辦，是全球最受歡迎的體育賽事之一。觀看世界盃的現場人數日益增加，以至後來全球電視直播，網絡直播等，觀看人數飆升至幾十億人次。這令世界盃的影響力無遠弗屆，不斷擴大，至今還在延續着。

猶記得自己第一次觀看世界盃是在 1978 年。當年的上海物資較匱乏，一般家庭有電視機的不多，父親的朋友邀請他去電視台看冠軍賽直播，父親帶着不滿十歲的我。那一年是阿根廷與荷蘭爭奪冠軍，最後由東道主阿根廷捧盃。當年阿根廷舉國上下一片歡騰，鐵血隊長、偉大中衛丹尼爾帕薩雷拉帶領一眾球員在領獎台上接過大力神盃，並接受世界人民的歡呼喝彩。彼時世界盃在創辦將近五十年後，進入了一個嶄新的起點，這也是當年主辦國阿根廷首次奪冠。

不得不提的是又經過近五十年，本屆卡塔爾世界盃在經過多場比賽，連番激鬥後，阿根廷繼 1978 年、1986 年兩次奪冠後，又再闖入爭冠戰，而對手則是同樣得過兩屆冠軍（1998 年及 2018 年）—— 昨天凌晨戰勝摩洛哥的法國。在傳統上，足球強國都以歐洲及南美洲居多，諸如世界盃五屆冠軍巴西、四屆冠軍德國等。這一屆則有一支非洲「黑馬」摩洛哥異軍突起，殺入四強，令世界刮目相看。

大雪後回港，每晚忘卻白日工作的疲勞，坐在電視機前觀看世界盃直播，那種熱愛與激情、輕鬆與釋放是難以言喻的。每每看見自己喜愛的球隊順利出線，總情不自禁，暗自歡喜。綠茵場上現代足球的攻防戰都是快上快落，不拖泥帶水。進攻就是最好的防守幾近已成定律，每場比賽都令觀眾賞心悅目。以前是南美球隊個人技術出眾，帶盤射左右腳皆佳；歐洲球隊則側重整體戰術配合。唯如今世界足球早已融合一體，君不見世界級球會全球招募羅致國際頂級球星，歐洲及南美洲，甚至亞非球員都同踢一隊，同場競技。在世界足球的大家庭裏，各洲各國球員都憑藉着自己本身不懈的努力，日以繼夜的集訓，穿州過省的頻密賽事，以戰養戰，提升技術，爭取佳績。最終都希望能代表自己的國家，躋身世界盃之列。

毋庸置疑本屆冬季世界盃最後的季軍戰及冠軍爭標戰，必定會將全球足球熱潮推至巔峰。各國政要、體壇中人、球迷及普羅大眾，無不關注着大力神盃最終花落誰家，大家都熱切期待最後的「克摩之役」及「阿法大戰」。精彩絕倫的賽事，能令觀眾大飽眼福，甚至喜極而泣，唯比賽最終總有勝者輸家。不過在世界足球的大舞台上，世界盃推崇的是國與國之間的尊重，友好及團結，在公平的較量比試下，得出勝負優劣。在告別 2022 年之前，世界盃也終將落幕，但我們永遠會記住那些美好的賽事，感人的片刻，還有所有為國爭光的球員。新的一年世界局勢或許仍會持續變幻不定，戰爭疫情災害等還會羈絆世人。此時此刻大家需要的就是以那種在球場上身處逆勢，依然百戰不殆，全心全意反敗為勝的精神迎難而上。不管前路艱難險阻，荊棘滿佈，2023 不退不棄，依然故我迎上前去。

2022 年 12 月 16 日

國籃荃灣主場勝，港人助威歡呼勁

國籃荃灣主場勝
港人歡呼助功成
體壇盛事新春至
一生追球夢成真

早春二月，北國冰封，唯南隅小島，處處回暖，熱氣騰騰。在逐步解除所有新冠疫疾禁制令之前，香港體壇迎來了一件振奮人心的盛事。

2 月 9 日，香港籃球總會賽事組委會執行主席程民蕙宣佈，有國際籃聯（FIBA）主辦的男籃世界盃亞太區預選賽，國家男籃將以香港新界的荃灣體育館作為主場，分別於 2 月 23 日及 2 月 26 日迎戰亞洲勁旅哈薩克及伊朗。

是次賽事由中國籃協主席姚明親自率隊來港，香港各界尤其是球迷能近距離接觸國籃隊，並觀賞兩場亞洲高水準的籃球比賽，喜出望外，興奮莫名。而且國家隊破天荒以香港作為參加國際賽事之主場地，港人欣喜若狂，歡迎致至。大家熱切期待日後有更多各類精采運動項目，國家隊都會繼續選擇香港作主場。相信國家對特區在主辦國際級賽事之信任與支持是無庸置疑的。

回看此次兩場比賽，筆者有幸帶上家人現場觀戰。新建成之荃灣體育館內座無虛席，球迷不分老中青，一面倒全情支持中國隊，百分百體現了主隊之優勢。很多年青球迷穿上各類印有「中國」或「中國加油」等運動T恤，手持打氣棒棒，不停吶喊助威。中國隊當然也不負眾望，新隊員在老隊員的帶領下，個個上場都戮力拚搏。老手周琦首戰「雙雙」，主力趙繼偉、王哲林等表現出眾，能攻能守，頻頻取分。而新上任之塞爾維亞籍主教練祖積域在場邊督戰心切，坐立不定，時而大聲教路，時而揮手指點。最終國家隊首戰力克哈薩克，次戰反敗為勝，智破伊朗。香港球迷大飽眼福，心滿意足。

荃灣體育館的兩場精彩絕倫的籃球比賽，除了吸引到一千多位現場球迷與嘉賓外，還有無數香港市民守候在電視機旁觀看直播，大家一起為中國隊加油打氣。在比賽現場，筆者見到一位久違的老人，他就是國際籃聯（FIBA）永久名譽主席、香港籃壇巨人程萬琦前輩。此次國際賽事國籃以香港荃灣體育館作為主場迎戰哈薩克及伊朗，程老也功不可抹，年屆八十高齡的他，為此也勞心勞力，四處奔波，玉成其事。程老愛國愛港，年輕時立足香港，領導本港籃總，之後進軍亞洲籃壇，最終成為國際籃球聯會第一位華人主席，實乃華人之光。兩場比賽他都親臨場館捧國籃場，並熱情歡迎接待姚明主席等以盡地主之誼。賽後也陪同國籃一行於禮賓府接受特首李家超之宴請。

2月疫情漸退，春來萬物陶醉。香港各界上下齊心，為國為家盡心盡力。眼前雖然仍有種種挑戰，唯每次挑戰正如每場比賽，需要平日訓練有素，賽前精心部署，場上力戰拚搏，永不放棄，轉危為機，後來居上。場內場外，各司其職，各盡其力，最後愛上挑戰，拆解挑戰，克服挑戰，戰勝挑戰。

2023年3月6日

乾一杯，祝捷亞運

乾一杯乾一杯，恭祝友誼
一開始一開始，不可再終止……

這是上世紀八十年代林子祥與葉倩文合唱的一首經典粵語歌曲，林振強寫的歌詞配上改編的旋律，一直深深地印在腦海中……

寒露夜維港設宴與眾滬港台友好歡聚，包房電視直播本屆杭州亞運閉幕禮，實在為晚宴增光添彩。大家都被閉幕禮壯觀的場景所震撼，大美杭州，荷桂共生，花海處處，浪漫久久。此時此刻，亞洲健兒經歷了十多天競技場上的拚搏爭勝，奪冠取亞之餘，友誼日漸遞增。榮耀過後，臨別依依。我不禁淺哼了兩句「乾一杯」並提議大家一道為杭州亞運再乾一杯。

本屆杭州亞運，香港市民都看得熱血沸騰。因為是自己的國家主辦，近水樓台享主場之利。加上港隊總共派出近七百名運動員，另外還有領隊、教練、助教及隊醫等職員，合共組成近千人代表團，是歷屆規模最大的一次。筆者所見大多數重要賽事，尤其是有港隊參與的，香港電視台都會直播。廣大市民在商場、地鐵、餐廳等地方，駐足停留收看正在直播的賽事，即時為港隊加油助威。香港運動員不僅在傳統強項劍擊、游泳、單車及七人欖球等賽事摘金，今次賽艇、高爾夫球及橋牌也勇奪第一。國慶當晚，闊別香江五年之璀璨煙花再次在維港怒放，那邊廂在最美江南香港男足一箭定江山，擊退亞洲勁旅伊朗，殺入四強。十月喜慶大快人心，小島洋溢高漲熱情。為期十多天的杭州亞運一下子凝聚起百萬港人上下一心。大家不但為港隊打氣，也為國家隊及中華台北隊呼喊，畢竟我們都是一家人。

2023 年秋，杭州舉辦了一場空前成功的亞洲運動會。杭州為了準備這十多天的亞運會整整用了八年的時間，投放了千億資金，調動的人員以百萬人次計。政府同民間各部門單位的協調，場館建設，交通安排等等都竭盡全力，達致完善。因此本屆亞運會亦是規模最大，項目最多，觀眾最踴躍的一屆。亞奧理事會總共 45 個成員國或地區全部報名參加。由開幕日到閉幕日為期十六日，根據數據統計共有四十個大項，六十一個分項，四百八十一個小項。數字便是最真實的直白，項目多寡直接影響到參賽人員的數量。中國作為一個世界大國，廣邀天下友好，通過運動會互相公平競技，彼此增進友誼。

乾一杯乾一杯，恭祝友誼。
一開始一開始，不可再終止，
明日你我說再會時，彼此心思心意，即使不講都心知……

在心中美妙的旋律下，看着直播畫面，大家為杭州亞運乾了一杯又一杯……

2022 年 10 月 18 日

敢拚敢搏不怕輸

敢拚敢搏不怕輸
爭金奪銀誰作主
追逐夢想不止息
艷陽高照勝利路

今夏地球伴高溫，世界處處熱昏昏。同樣，舉世矚目的第三十三屆巴黎奧運會從頭到尾都是熱、熱、熱！由開幕禮前世界熱切期待，開幕禮後各國媒體熱議紛陳，互有褒貶。而在競技場上各國運動員熱力四射，在各自的賽道、跳板、場地上……拚盡每一分力，流盡每一滴汗……現場及非現場觀眾熱情高漲，為眼所見、耳所聞的高光時刻，歡呼尖叫……這或許就是運動帶給大家的力量吧。

每四年一度的奧運會是全球最受關注的大型國際體育盛事，也是世界各國展示運動實力和國家形象的重要平台。運動員此時代表的不是個人，也不是球會，而是國家。他們所贏得的獎牌，往往被視為國家榮譽的象徵，當然也因此激發了民眾的愛國情懷和對運動的熱烈支持。國家隊在本屆奧運會上精英盡出，全力以赴。每位參賽者都經歷了艱苦的訓練和無數次的挑戰，他們為了實現自己的夢想，也為了國家的榮譽，在每一場比賽中都敢拚敢搏，就算處於逆境劣勢，也誓要憑藉頑強的鬥志反敗為勝。相信香港的廣大市民也一定不會忘記我們的金牌選手江旻憓，就是在比分落後的情況下，咬緊牙關，誓不放棄，一劍一劍絕地反擊，最後逆轉獲勝，一劍定江山，為香港女子劍擊隊在奧運贏取歷史性第一金。

回看國家隊、中國香港隊以及中華台北隊，在此次巴黎奧運會上，獲取的金牌數目，已經超越了體育第一大國——美國隊。中華民族龍的傳人現今在國際體育的大舞台上，通過公平競爭，奮力爭勝，以能力技術成績服人。同時炎黃子孫的鬥志、拚勁與魅力，也不斷贏取了世界人民的心。這四十年來，國家隊由當年許海峰的第一槍奪金始，計算至今在奧運會上總共已奪取了三百二十五枚金牌，若加上港台的金牌數目則更多。每一校金牌背後都離不開國家在體育事業上面投放的大量資源，包括人力、物力及財力；教練團隊的挑選、培育、訓練；而運動員本身的天賦與後天的努力，家人由始至終的關心支持等等。在這閃閃發光的金牌裏面，你會看到汗水、淚水、血水，還有傷患的煎熬，失敗的磨練……但當你站在領獎台上，低頭掛上金牌，昂首看着國旗隨着國歌緩緩升起，此刻所有付出的一切都是值得的。

追古溯今，奧運會的起源有說是古希臘各城邦之間在慶典中，希望透過公開公平的競技較量，暫時取代各種廝殺掠奪以期達到和平的果效。因此在奧運會期間是不應該有戰事的，奧運的精神就是公平、團结與友誼，這三樣都離不開和平。可惜古人的智慧睿見還是敵不過當下那些唯利是圖殺戮好戰，喪心病狂的醜陋政客，戰爭、禍亂、紛爭……無日無之，何日可了，世界和平遙遙無期。在此次巴黎奧運會前，部分有識之士也曾提出，希望奧運會期間各國息爭止戰，鳴金收兵。但是，這美好的願望並沒有得到各爭戰國的正面回應，戰事還是一直在持續。

今時今日，眾所周知奧運會的影響力無遠弗屆，全球數以億計的觀眾，通過親至現場、各大媒體直播、轉播、網絡播放等等，觀賞開幕禮、各項賽事及閉幕禮。無需置疑四年一度的奧運賽事必定是全球性不可或缺的盛事，它更是一個充滿激情與希望的舞台。無數觀眾的期待與吶喊，運動精英的奮鬥與爭勝。運動員承受着巨大的壓力和挑戰，卻不屈不撓，敢拚敢搏，展現出從不放棄的熱血精神。每一場比賽都是對自身極限的追逐，最後就算真的敗下陣來，下一場比賽，下一屆奧運，還是要繼續爭一下，就是這種不怕輸的精神激勵着廣大觀眾，尤其是年輕人。

不過，相信大家與筆者一樣，總覺得奧運會的意義遠不止於一場體育賽事吧。國際間的友誼，各國文化交流，社會凝聚力，最重要的是人類追求的是和平、友愛與團結。我們要學習運動員那種敢拚敢搏不怕輸的熱血精神，在運動場上、在談判桌上甚至在外交戰線都一樣。每一次的努力、失敗、再努力、再爭勝都是通往勝利的必經之路。期盼下屆奧運會能夠真正體現奧運精神，讓世界各國放下紛爭與武器，在公平競技中彼此友愛尊重、相互理解團結，共同為人類的美好明天而奮鬥。

2024 年 8 月 28 日

兩地篇

隔離不隔離，眞情深無底

隔離不隔心
處處有真情
半月日與夜
一生伴前行

為了工作的緣故，我決定在香港注射完兩劑新冠疫苗後再過一個月後飛後赴上海。內地在防疫檢疫方面的工作一直甚為嚴謹，因此海外包括港台地區人士回內地都要按規定定點隔離十四天。入境後也要經過嚴格的深喉及鼻腔檢測。離港前也略有憂慮，怕途中存在的風險以及隔離方面的一些安排，還有這不長不短的兩週。於是上網找了大量的隔離攻略，仔細閱讀並做了筆記。也有不少友人告訴我，內地隔離已經做得完善，沒甚麼需要擔心的，自己安排好時間就可以了。有些朋友還告訴我，他們已經往來隔離了好幾回。感謝朋友的真情相告，心頭大石放下一半。

母親節前，話別了媽媽，還有孩子的媽媽，一個人踏上了工作的旅途。預約了的士去機場，車子很快就到了。在車上與司機閒聊，他說知道你去機場，我馬上趕過來了，現在很少人去機場。我似乎恍然大悟，現在幾乎沒人外出旅遊。司機不停說，兩年前的「修例風波」再加之現在的世紀疫情，大大影響了本港經濟，他們的收入也減少了一大半。他為了生計必須開工，開工前也做了檢測，而且他已經注射完兩劑疫苗，起碼有多一重的保護，為己為人，也為香港。我點頭稱是。

抵達香港國際機場，送機處的汽車停靠站，只有我坐的一輛的士。機場內，寥寥可數的搭機者。在航空公司櫃台辦理登機證前，地勤人員耐心地教我如何下載內地入境健康安全申報表，用手機完成申報上載，然後取得入境二維碼。過了海關安檢及入境處後，裏面的人好像多了一些，但只有一兩間店舖在營業。停機坪上，大部分飛機在歇息中。上了飛機，大家都是隔開坐，所有空中服務員部穿戴防護裝備。口罩後的笑容只能存在想像中，細想他們的工作也極具風險性……飛機起飛了，我閉上眼睛略作休息，暗自祈禱祝願世界早日康復，你我都平安。

經過兩個半小時的航程，飛機安抵上海浦東國際機場。廣播傳來機組人員的播報，請大家安坐原位，耐心等待檢疫人員分批安排乘客下機並有序檢測。下了飛機，在機場所見，與香港完全不一樣，所有地勤人員、檢測人員都是全副防護裝備。經過電子探溫及二維碼核對後，遞交了已簽名的檢測同意書，按指示到了檢測處，醫護人員認真地為我做了鼻咽核酸測試。接着入境過海關，再提取行李。這是一條我從未走過的路，但還是很順利，所有指示都很清楚，所有人員都在協助乘客。出了機場，有專人及巴士接載到所屬的申報區域，入住規定的隔離酒店。在隔離的十四天內，酒店提供房間及一日三餐，價格及服務，都必須按照統一規定。看見眼前這一切順遂的安排，相信國家在背後肯定付出了巨大的努力。十四天隔離的生活正式開始，原本計劃了一大堆工作議程要草擬，還帶了不少書來閱讀。家人讓我在這兩週好好休息，沉澱休息一下。但是，得知我在隔離的朋友們都從四方八面發信息及打電話過來，非常關心我日常的吃和住，不停地送水果、飲料、零食及乾糧。我開玩笑地與內子說，你希望我沉澱，我卻一下子浮出水面，又自我膨脹了。那麼多朋友在關心我照顧我，在千里之外的你大可放心。

人生處處見真情，不管那些人你認識與否。親人長輩朋友同仁，也許有的平時聯繫不多，但在你需要的時候真情總圍繞着你。地勤人員、機組人員、檢測人員及酒店服務員，他們敬業樂業，為大家服務。在一場世紀疫情當中，因鎖國封城隔離，人與人的距離雖然遠了，但真情不會遠，真情可以存在於思想之中，收藏於內心深處。真情也可以在舉手投足間看得到，感覺到。隔離不隔離，真情深無底。

2021 年 5 月 17 日

上海戰疫

上海戰疫戰上海
億萬同心守滬愛
不勝不歸不夜城
浦東浦西浦江開

陽春三月後，又逢人間四月天。唯世情仍隨着疫情的復而往來，高開低走，起伏不定。天災碰上戰禍，遠方硝煙四起，戰事不息。世界和平除了是善眾藏在心底的期盼，也應是世人努力達至的終極目標吧。

回望二月初，香港突遇第五波疫情，至今造成纍計逾百萬人確診，八千多人死亡，可謂付上沉重代價。不過在國家全力支援下，社會重塑信心與作為。一系列應對措施加緊推行，爭分奪秒對抗疫情。目前似乎已有回穩跡象，但決不應掉以輕心，重蹈覆轍再釀大錯。

身處小島，心繫故鄉。近月來上海本土疫情也急轉嚴峻，新的擴散呈迅猛之趨勢。上海是國家第一大城市，國際金融及航運中心等，面積乃香港之五、六倍，常住人口加流動人口近三千萬，也是香港的四倍。要管控這樣一座大城市相信難度必定極之巨大。加上近兩年自新冠肺炎疫情爆發以來，上海並沒有緊閉門戶

(Lockdown)，世界各地航班來去還是自由的，甚至上海兩年來承擔了全國一半以上的外來航班。上海在外防輸入、內防擴散這兩方面一直都表現不俗，將疫情牢牢地壓制住。唯此次變異毒株奧密克戎（Omicron）比之前其他已變異之新冠病毒具更強之傳染力，甚至能突破疫苗的防禦及抗體的保護。上海疫情的突然爆發也許是因外來者的麻痹鬆懈，讓毒株有機可乘。這情況略同於香港，皆因外來者疏漏引致社區爆發。

上月始，上海疫情出現異動，確診病例和無症狀感染者病例逐漸上升。上海方面在迅速追蹤之餘，亦將對城市正常生活之影響降至最低，採取了分區封控，進行核酸檢測，在無個案區塊檢測後可開放。唯中旬後，分片區篩查似乎不敵變種病毒之極強傳染力，上海市衛健委即果斷決定浦東浦西劃江而治，即以黃浦江為界，將上海新舊城區分別進行封控管理，期望盡快實現社會層面動態清零。

在應對與入侵病毒作大規模正面對決時，筆者見到上海這座城市的傳奇：幾乎由上至下動員了一切可動員的力量，工作人員日以繼夜的風雨兼程。前線醫務、街道社區志願工作者、公安武警、環衛清潔人員、社會工作者、外賣速遞派送員及所有幹部公務員，不分彼此戮力同心，趕赴「戰」場。從網上視頻及圖片所見，為了配合上海政府的封控措施，全城市民安然居家，除了救護車警車還在持續忙工作，驟然間高架馬路，大街小巷空無人車，一片寧靜。

表面上我們似乎看見大上海停頓下來了，但事實卻恰恰相反。每個分區，每個街道都有身穿全套防護衣的工作人員在守護這座城市。譬如在大家較熟悉的靜安區，區政府轄下的國企單位靜安城發集團除了擔付起整區環衛工作之餘，更將平時的環衛督察車，搖身變成移動的核酸採樣點。而平時的清潔人員仍衝在第一線忙碌地清理社區街道各類垃圾，同時打掃着無人的街道。他們期望疫情盡快散去，市民早日回到清潔的路上。每個人每顆心，在至為暗淡的時刻都散發出光亮，相信上海是沒有黑夜的，因為每當夜幕垂臨，抬眼望一片無盡星空，光芒四射。

兩年來上海在對抗新冠病毒蔓延方面，以「精準防疫」路線取得了成效，但在面對此一波新危機，必須以變應變，採取隔江分治，以全城靜態管理模式打贏「疫」戰。

此時此刻，上海並不孤單，因為來自全國各地兄弟省市的數萬名天使已抵滬。國家組建的醫療團隊，精鋭盡出。鄂贛魯蘇皖各省三 A 級醫院醫生護士，秉着醫者仁心，大愛無疆，主動請纓，馳援守滬。另外更有為數二千名軍隊衛勤力量來滬協助核酸檢測及醫療援助。國家永遠是上海最堅強的後盾，上海上下一心決戰病毒，最後勝利毫無懸念必屬上海。

看着季節的變換，或許乍暖還寒，時雨時晴，但暖春過後盛夏必臨。疫情終將消退，美好總要相會。上海，一個令人驕傲的城市，等着你再來。

2022 年 4 月 12 日

雙城記

前

我和你曾同無負眾望
這城市才發光到遠岸
抬頭望 勇敢擔當
記着成功需苦幹
如無互助守望
如何渡過夜寒
……

《前》── 一首慶祝香港回歸祖國二十五週年的歌曲，近日正式發佈。這首歌由張家誠作曲、陳少琪填詞，集合了香港以及內地共二十八位歌手演唱。細聽悅耳動人的歌曲，並觀賞着音樂短片(MV)，總感覺到有一種向前的衝力。歌手們落力地演繹，加上感人的畫面，相信大家一定都會血脈沸騰，感同身受。此曲勸勉港人砥礪奮進，攜手創建美好香港。

今年七月一日，香港特區二十五歲了。為慶祝香港回歸祖國二十五週年這大好的時機，社會各界正密鑼緊鼓，以各種慶典活動來迎接屬於香港的一個大日子。政府與民間攜手合辦一系列在本港甚至海外的大型主題活動，諸如在德國柏林舉辦的「光影浪潮——香港電影新動力」，在日本橫濱舉辦的「香港盃」龍舟賽等等。香港故宮文化博物館將於七月二日對公眾開放。在國家的大力支持下，九百一十四件北京故宮文物來港亮相，很多更是國寶級別的。香港正迎接盛典，共同盼望「七一」的來臨。

「七一」讓人期待，「六一」同樣讓人歡喜。故鄉上海經歷了兩個多月的風險管控，廣大市民終於在「六一」國際兒童節凌晨，在安全的情況下被允許自由出門了。新聞所見大家都難掩激動喜悅之情，上海街道轉眼又是車水馬龍，熙來攘往。現在回望過去的日子，人人都不容易，尤其是那些獨居的老年人。在奧密克戎 (micron) 突襲上海的日子裏，小區的封閉對他們影響最大。幸好聽聞仍有不少散發着人性光亮的事跡，小區裏的街道辦，或者左鄰右里，都發揮了守望相助的精神，對於需要幫忙或照顧的獨居老人都施以援手，體現人間大愛。

香港與上海都是中國的兩顆璀璨耀眼的明珠，長期以來互相輝映，良性競爭，互補長短，發展共贏。在夏花綻放的季節喜見兩城再次高歌猛進，勇往直前。任何一個城市都會面臨挑戰，經歷危機，高低起伏在所難免。順時心存感恩，勿忘施予；逆境牢記忍耐，不失盼望。

過去過去，未來未來，總要相信今天，奮發挺進吧，這是一個屬於我們的美好時代。

2022 年 6 月 14 日

心存感恩，疫中前行

黃葉深秋秋將逝
疫中前行家千里
感恩沿途陌路人
人間美好心中記

風來天涼又深秋，工作的緣故，我又回到內地，在南京外郊的酒店隔離十天（7+3）。這已非我首次經歷隔離，去年在上海曾隔離過十四天。

在港計劃回去工作的半個月中，不無忐忑之情，畢竟內地的檢疫措施與港大相徑庭，隔離管控都更為嚴格。另外，在購買機票，編排行程方面絕非易如往日，存在太多不確定性。感恩臨行前得到各方好友送上祝福並發給我各項關於內地及香港出入境最新措施供我熟讀，我終於又踏上旅途。

週日的機場恢復了不少航班，人數明顯比去年增多。自己已經提前五個多小時到達機場核酸測試站，但還是人頭湧動，見首不見尾。據說要去內地的乘客都是通宵達旦在此排隊，因為就算能做核酸，結果也要兩三小時後才能收到，沒有機場五至八小時內核酸結果是不能登機回內地的。

這時我心情異常焦慮，排在隊末始知要網上先作預約。按下手機確認預約後也嘗試將登機時間告訴了檢測站職員，感謝獲安排提前檢測，幫助我的青年男職員告訴我，應該趕得上登機，這時我似乎放下心頭大石。

回到登機櫃位，距離飛機起飛還有三小時，繼續排着又一條長長的隊伍，準備 check in，同時等待核酸報告。兩個小時快過去了，排在我後面的乘客都已取得登機證，唯我因未收到核酸結果，無法 check in。航空公司地勤人員中，一名高大的中年男士主動過來幫我看管行李，讓我去測試站再作詢問。我匆匆忙忙地跑過去，獲知電腦顯示我不需複檢，但仍要等待詳細結果。我又趕回登機櫃位將訊息向地勤轉達，此刻焦慮又至。

又等了半小時，我的心情變得十分緊張，深恐上不了機。航空公司地勤女主管查核了我的個人資料後說，剛聯絡了檢測站主管，我的核酸報告最快要十五至三十分鐘才會出，但登機櫃位五分鐘後便要關閉，叫我做好不能上機的準備，而該航班最快要過幾日才有。她好言安慰我說，每日都有因核酸報告未出而上不了飛機的人士，建議我趁有時間及早安排新行程。但對於我來說所有的工作行程都要重新編排，影響實在太大。

此時此刻，我心急如焚，甚為無助，唯有暗自祈禱。當時航空公司櫃位前已人影稀疏，各職員都在執拾善後，準備關閉櫃位。我手持手機站在其中一個櫃位前，面前的年輕女職員問了我一句，陳先生有報告了嗎？我們要關閉了。在我想叫她再等等的時候，突然手機響了一聲，我收到核酸報告了。這一刻我的心真的恍如手機訊息一般跳了出來！

接着，女職員迅速且嫻熟地幫我下載檔案、截圖、輸入她的電腦。輸送帶上的行李也緩緩送了進去，她遞給我登機證，並關閉櫃位。剛才那位女主管馬上吩咐這名女職員送我進去入境處特別通道過關，因為飛機很快就要起飛了。

我終於在最後一分鐘順利辦妥登機手續，上了飛機，這時才稍為回過神來。回想剛剛數小時的經歷實在太奇妙了，簡直難以相信。

航程中因過於疲累，迷迷糊糊睡了片刻，睜開眼望見機艙外藍天白雲親近着自己。思潮起伏，想到一路走來，有着許多陌路人都在各自的崗位上幫助我，檢測站小哥、高大地勤男士、地勤女主管及年輕女職員，他們如同雲彩般圍着我，為我卸下重擔。幸好有他們助我奔向擺在我前頭的路程，我定當心存感恩，疫中前行。

2022 年 11 月 1 日

人心回滬，相聚更好

海上寧心來築夢
聯融世界求大同
會須共創新未來
慶傳樂章國興隆

三月，春花處處綻放，人間遍地希望。三年來第一次如此輕鬆愉悅地踏上回滬工作之路，沒有核酸檢測，沒有隔離限制，一切回復日常了。

國際婦女節當天回到大上海，近距離擁抱這座偉大的城市。往年每月往返，卻因新冠疫情，過去三年每年只能來滬一、兩次。隔離日子不輕鬆，來去旅途亦艱難，好在俱往矣，一切重回正軌。努力追夢向前，黎明曙光再現。

抵滬翌日，上午處理了些日常公務，下午參加了上海市長寧區海外聯誼會成立三十五週年誌慶活動。在活動現場見到許多新知舊雨，難得與一些港澳地區的理事在上海長寧重逢，大家相見甚歡，聊聊工作家常。但更難得是一些台灣地區的海聯會理事，這一次相隔三年也能順利來到上海出席年會。再遇舊友，千言萬語。以前滬台之間來去自如，唯疫情封閉三年恍如隔世。台商會的朋友們大部分在上海有自己的公司，而且業務都發展得很不錯，內地的市場機遇令事業蒸蒸日上。但在疫情中有些不得不選擇回去，照顧長者家小。如今春回大地，重見希望，重返上海，欣喜萬分。見到上海的員工、朋友及區裏的新領導，重啟工作計劃，一切又在恢復中。

其實，三年疫情上海長寧區的一些居住在世界各地的理事們也沒有好好聚在一起歡慶過，正好是次趁着疫情的消退，迎來了創會三十五週年之慶。大家紛紛從世界各地奔赴上海，如約而至參加年會。海聯會的領導也換了新人，大家雖然初次見面，但親切依舊，不是故人，勝似故人。年會上除了安排理事會監事會等換屆致辭頒發聘書等，還有精彩絕倫的文藝節目表演，獨唱「上海謠」、評彈「地久天長永不分」、二胡琴詩化韻「圓夢 - 萬馬奔騰」，最後一曲合唱「手挽手」將是日年會氣氛推向高潮。會場活動結束前大家再來一張「全家福」合影，但愉快的相聚時刻並沒有停下來，大家接着一起共進晚餐，海聯會新領導班子與來自世界各地近百名理事，自由自在，無拘無束地把酒言歡，閒話家常。

歡樂時光總是過得特別快，持續着四五個小時的三十五週年誌慶活動轉眼就過去了。唯大家都相信這才是剛剛開始，世界總要康復，人心必然回滬。

春天真好，回來真好，相聚一刻有您更好！

2023 年 3 月 15 日

戀愛上海

戀戀申春燕紛飛
愛你疼你盼你歸
上山上山愛上你
海內知已共飲醉

三月桃花笑春風，疫後出差倍輕鬆。世界康復，出入如常，本月又重投內地工作中。三年疫情，世界仿似停擺了，如今當下唯有急起直追迎向堆積如山的工作。相信一切都會在春天裏重新萌芽生長，欣欣向榮，蒸蒸日上。熱愛工作的人常說，唯有工作不負你。

週末工餘在大上海與深情的工作暫別，離開公司又再去久違的大街小巷徜徉。印象中三月的上海從未如此的溫暖，中午竟然攝氏二十多度。燦爛的陽光透過舊式街道的樹蔭投下斑駁的影子，灑在小餐廳的窗戶前。我買了一本上海出版的《青年文摘》，餐前閱讀。取杯喝水時，瞥見斜對面坐着一對情侶，正用着滬語在聊天。那種既熟悉又親切的語音，瞬間撩動起我的心弦，令我想起電影《愛情神話》裏的一些情節與場景，仿似自己這一刻也在等待着一位久別重逢的佳人。她，在我身後悠然飄至，爽朗的笑容令我暗自心甜。我放下手中的書刊，凝望着對面的她，難道真的是不期而遇嗎？「先生，這湯很熱，小心慢用。」女侍應溫柔的提示打斷了我的思緒，我不禁笑了出來。

餐後徘徊在那條長長的舊街道上，兩旁有各式各樣的餐廳與小吃店，中西美食、亞洲風情、應有盡有。顧客中有本地人、外省人及很多外國朋友，一些餐廳室內室外都已爆滿，人氣旺盛。一對對情侶、一家大小或三兩知己，都各自享受着午後的陽光與桌前的美食。我走着走着又感覺到身旁的倩影，她，再次與我並肩同行。繁華的大城市，擁擠的小街道，漫步在愛與被愛之中的人是幸福的，相信愛情一直都在心中或身邊的人是幸運的。我寫信告訴遠在大洋彼岸的女兒說，爸爸 fall in love（戀愛）了，愛上了一座城市，與「她」談起戀愛來了。

其實，上海一直在這裏，她的變與不變，深深地吸引着來自五湖四海的朋友。城市的發展與更新，速度快得驚人，三年一小變，五年一大變。地標性的建築物一幢接着一幢，層出不窮，東方明珠塔、世貿、上海中心……而傳承百年的海派文化特質，開拓包容海納百川的精神依然如舊。離開 CBD，可以如我般在浦西法租界等地閒遊，一條悠長的街道，街道兩旁樹木成蔭，梧桐樹後有古老的獨立洋房，眼前的景象令人迷戀……

上海像你的戀人那樣，在黃埔江畔用其溫柔抵擋着相思，靜候你的重歸。她有時默默無語地在順流逆流中承受着時代變遷，有時滔滔不絕地於浪奔浪流間訴說着今生傳奇。她已不是一位含苞待放、亭亭玉立的小姑娘了，此刻比起對愛情的幻想，她更在乎事業。但是，愛情卻從來沒有離開過她，因為在她骨子裏本身就已充滿着真誠，洋溢着情愛。她擁有的東西比誰都好，她想去的地方都很遠，她愛的人都很優秀。我慶幸在這裏遇到她，上海！

因為有思念在，所以我們從來都沒有分開過；
因為有盼望在，所以一切的等待總是甜蜜的。
一千里不遙遠，日月同賞；
一千日不漫長，晝夜同長。

2023 年 3 月 22 日

申滬工作隨感

滬港青年心連心
外灘維港一家親
重遇暖春情回歸
年少結伴向前行

三月，萬物候新。重臨上海公幹並出席了長寧區海聯會三十五週年誌慶活動，與來自世界各地的新老朋友相聚在長寧，開會聯誼交流欣賞表演晚宴聚餐，穿梭席間，歡聲笑語，觥籌交錯，不醉不歸。

三月的上海，豔陽高照，春暖花開。想不到在此工作的半個月，好一陣子午間的氣溫也上升至二十多度。週末上午走出辦公室，來到靜安區一家時尚酒店，參加了由「滬港青年會」主辦的「香港青年再出發」活動。早前在香港有幸參加了這個青年會，認識了一大班年輕陽光，充滿活力的朋友，他們大多是在兩地工作或學習的滬港人。筆者在港期間已參加過多次青年會舉辦的兩地活動，諸如「滬港澳青年論壇」(三個地區線上論壇和線下論壇)、「首輪電影欣賞會」、「奪島奇兵——馬灣親子活動」等等。這趟自己滿懷興奮之情首次參加青年會上海的活動。

上午十一點左右，來到市中心石門路一家雅緻的酒店二樓，青年會的專責同事早在那裏恭候迎賓，親切的笑容，隨和的招呼，令大家有回到家裏的感覺。寬敞的室間，和煦的陽光透過落地玻璃直射大吧台前面一張二十來人的長餐桌。餐桌的另一頭，放置了一個大熒幕，上面醒目的投射出一行字：「香港青年再出發——與滬港青年會創會會長對話」。這次是滬港青年會 Brunch Club 舉辦的第十期活動，席間創會會長姚大哥、前會長 Paul、現任主席 Kristel 及一眾嘉賓都已陸續到場，而更多的滬港年青朋友、學生朋友也紛紛就坐。享用了豐富的美食後，便由 Andrew 親自分享自己多年來在家族企業及社會公職上面彌足珍貴的心路歷程。接着第二部分是圓桌對話，有三位新時代的成功女性分享各自的創業、工作及生活點滴。在新經濟「她」時代，突顯「她」魅力，尤其是在三月，「她」的節日。她們都在所屬領域憑藉智慧與毅力，獨特與柔性，開創出一片新天地，甚且事業與家庭互為兼顧，更令人佩服。 講者用心，聽者入神，分享會豐富精彩的內容，令大家獲益匪淺。最後，各嘉賓與一眾朋友一起拍張「全家福」以作留念。

在滬期間青年會的活動真的是一浪接着一浪，Brunch Club 後，又到了滬港兩地青年會歌錄製活動。週日下午第一次隨着大夥兒進入錄音室，大家換上統一的青年會 T-Shirt，在音樂老師的指導下，先戴上耳筒試音，接着進行個別、分組及大合唱。同時還進行 MV 錄製及拍攝各類相片，滬港的青年們在錄音室內都變得很專業，大家在強勁的音樂節奏帶動下，分別用國語、粵語及滬語唱出了屬於青年會的會歌。

手牽手，心連心，滬港青年向前行……

當日下午三個多小時的會歌錄製活動，大家並沒有感覺到絲毫疲憊，反而熱情高漲，按照音樂老師的要求，將會歌唱了一遍又一遍，以求達至最佳錄製效果。

三月春還，百花競放。能在申滬工作也是一種福分，雖則工作本身不乏挑戰與壓力，唯工餘身心舒展得宜，同行同伴同心同德，令心有所歸，而人也樂在其中。三月的春，總帶給人驚艷，在此美好不會擦肩而過，她會如約而至，笑着迎向你，擁抱你，留住你……

2023 年 3 月 29 日

濃濃鄉情暖人心

濃濃鄉情暖人心
沃沃故土萬象新
穀雨重歸春猶在
夏果秋實更勝今

農曆閏二月後，三月初一巧遇穀雨，天清氣朗。筆者同家中長輩等一行四人，下午由上海駕車往寧波鄞州冠英莊，實地探訪祖上舊居。

晚餐前我們到了寧波市中心，當地「海聯會」的朋友一早已設下盛宴為我們洗塵。這次能順利成行實在要感謝滬港青年會老友Hermann，他上月已帶我來了一次寧波與當地各界友好認識歡聚。寧波朋友得知我祖籍在此，且在東錢湖附近還有祖屋，寧波幫博物館又有不少關於曾祖父當年抗戰時沉船報國的史跡，都歡迎我要多回故鄉走走看看，舊居冠英莊，鄉情不可忘。

其實，疫情前我每年都會來甬數次，清明、重陽及冬至前後，總會趁着在滬工餘之時，徑自駕車或由司機開車，來寧波東錢湖祭祖掃墓。既使在三年疫情中，我也來過兩次。有時也會去曾祖父等住過的祖屋老宅走一圈，緬懷一下祖輩們的前塵往事。我雖從未見過曾祖父，但像他那樣一位為國為家奉獻一生的巨人，一直是自己心中的英雄。國家主席曾說過，天地英雄氣，千秋尚凜然。一個有希望的民族不能沒有英雄，一個有前途的國家不能沒有先鋒……他們的事跡和精神都是激勵我們前行的強大力量。曾祖父、祖父及父親一直在天上佑庇着整個大家族，他們都是我向前衝鋒陷陣的驅動力。

穀雨後，春漸遠。晨起略帶涼意，唯心卻是暖暖的。市海聯會朋友帶了當地州府僑聯僑辦負責人同我們共赴冠英莊，而冠英莊的村委書記副書記等也正在村內等着我們。大家相見甚歡，互相介紹後，筆者突然聽到幾句純正的寧波話，濃濃鄉音，縈繞心間。回想近半世紀前，自己生活在上海時，當時已七旬開外的曾祖母格外寵愛我這個長重孫，而她正是一個地地道道的寧波人，一口寧波話，句句都是愛。

走進冠英莊，我們隨書記等先去了曾祖父故居，房子雖已陳舊，加上空置好多年，內裏難免有種破落零亂感，但是外觀還算不錯，包括外牆曾作過粉刷，還有村委會做了一塊簡介曾祖父生平的牌子。這些小小的舉動，都令我們這些家族後人深感故鄉鄉親切切真情，綿綿愛意。

村委會書記等負責人在村辦事處會議室設下茶座，我們彼此交流暢談，互相間距離越談越近。書記向我們介紹了村的發展歷史及未來規劃。雖說冠英莊是個小地方，唯筆者仍深刻感受到當地官員的那種敬業樂業，為民服務的使命感。書記和副書記都是約三十多歲的青年人，精力充沛，年富力強。相信在國家大好發展勢頭下，冠英莊必大有可為。加上冠英莊本來就是僑鄉，海外遊子，天下歸心，必定都會竭盡全力為建設故鄉略盡綿力。

此次寧波之行匆匆兩日一夜，時間不長唯感慨良多。市中心商業區的高樓大廈，一幢接着一幢，氣派宏偉，各具特色，並不遜色於東南亞任何一座城市。故鄉的朋友及官員親切、友善、開拓且具睿智。他們對這裏的發展付出了自己的努力與智慧；他們廣結善緣，一心回饋故鄉。筆者深信一座城市的建設與發展最離不開的便是這座城市裏的人，他們或許是土生土長，也或許是遷移而至，無論怎樣他們都對這一片土壤充滿着深厚的情感，並願為她無私無悔奉獻一生。

2023 年 5 月 1 日

美麗寶島行

美麗寶島漫步行
旅途彩虹見我心
海峽兩岸誼友情
重逢滿杯勝萬金

夏來芒種至，高溫伴烈日。此週出差匆匆趕赴因疫情闊別三、四年之寶島台灣，由北至南又來回跑了一趟。

「在旅行的路上，有些事我們慢慢講；有個熱情的地方，名字叫台灣……」這是每次出入台北機場，在某條過道的牆上都會看到的一首用草書寫的《機場之歌》節錄。由於深愛詩詞歌賦的緣故，每次經過那處都會駐足停留，欣賞品讀，拍照留念。此行當然也不例外了，緬懷之情不由而生。

到埗台北後搭高鐵南行高雄。工作兩天，時間飛逝，並無空閒細想為何這首歌、或那首詩被消失了。趁着工餘半天空檔便去了在鼓山區的「高雄市立美術館」參觀遊覧，正巧碰着開館二十九週年慶，故館內有許多活動，例如「乘載夢想的紙船」這一活動，就是歡迎來自四方八面的大小朋友一起來摺紙船、玩紙船、寫夢想、說夢想……

記得十五年前曾帶兩女兒來過「高美館」，當時她倆不到十歲，又都喜歡畫畫，在港一直上水彩畫興趣班。那時希望藉此讓她們來此學習欣賞，陶冶性情。但想不到兩小女孩來後，蹦蹦跳跳的，走走看看，拍了照片，沒看多久便逃走了。是次自己來閒晃或許也是在尋找昔日的蹤跡吧。

完成了高雄行程回到台北後，拜會了上世紀八、九十年代父親在台的合作伙伴。轉眼間三十年，當年自己大學畢業沒多久便來台遊玩，他們都對後生關顧有加，駕車帶我整個寶島兜了一圈。那時候父親與他們在台合辦有聲廣告製作公司及出版社，很多在內地及香港出版的大型書畫冊，經合作公司獨家代理銷售致寶島，大受歡迎，賣個滿堂紅。諸如蘇丹丹、戴紀明編著的《中國長江三峽》及楊克林、曹紅夫婦編著的《中國抗日戰爭圖圖誌》等。彼時台灣同胞都非常嚮往目睹內地各名川大江，錦繡山河。雖然分隔了近四十年，畢竟兩岸情深，血濃於水，同族同文，你儂我儂。島內一些知名人士如立夫公，在父親邀請下親筆為三峽畫冊題字「情繫三峽」，緯國將軍則為抗戰畫冊奉上墨寶。這兩本珍貴的畫冊，自父親離世後，我一直好好保存着，偶爾打開細閱畫冊內容及緬懷一下那個回不去的昨日……

兩日南部工作，兩日北部訪友，在新知舊雨的引領下，又在一個曾經熟悉的城市尋找着新動向及樂趣。這裏的傳統文化，人文素養都已是植根在一代一代人的血脈中。只要你細心地觀察留意一下，不難發現街道上、公車上、大型商場及百貨公司，那些文案的遣詞用語都深深地體現出中華文化、四方漢字的博大精深，意境深遠。這怎麼不叫人為之心動而感到親切呢？怪不得父親一直把台北當作自己的家，每個月都要來，甚至在此發展業務。

此行最後一日的早上，朋友開着車帶我從信義區去淡水，「有緣、無緣大家來作伙，燒酒喝一杯，乎乾啦，乎乾啦……」車內的歌伴着車窗兩旁向後飛逝的景物，怎麼一下子好像駛進了時光隧道，年齡仿似倒退到青少年期，甚麼煩惱、開會、工作，統統拋諸腦後，趕着盛夏追夢去。現實中遍尋難獲的，在夢裏卻正等着與你相會。誰又真的能分得清夢裏夢外、孰是孰非呢？淡水的景，淡淡的情，依舊引人入勝，地道美食，風土人情，海風送爽下尋幽探秘，有友相伴中樂而忘返。

回來寶島，宛如重新投入初戀情人的懷抱，那些青蔥歲月輕狂日夜並沒有褪色，反而歷久彌新。回想當年開着機車同密友「流浪到淡水」，無憂無慮、無牽無掛地日子並沒有離去太遠，因為彼此的心一直就是如斯貼近。

台灣，一個美麗的地方，我回來了，而妳又會何時真正地隨我回歸呢？

2023 年 6 月 23 日

情繫回歸心念家

情繫回歸心念家
奇異宜樂愛當下
無懼世界好與否
愛熱情烈伴炎夏

六月由寶島及申滬等地公幹大半月後，回歸吾家香江小島，心情頓感愉悅並輕鬆。經過大街小巷，處處彩旗飄揚；步入小區屋苑，通通張燈結綵。七月一日，香港喜迎回歸祖國二十六週年誌慶，港九新界離島，甚至國內海外都有各種各樣豐富多采的系列慶祝活動，由六月下旬起始，一直延續至整個七、八月。

遠在大洋彼岸的美國福建同鄉會，七月一日於美東紐約城為慶祝香港回歸二十六週年在君豪大酒樓設盛大晚宴，中國駐紐約總領事館總領事黃屏大使、副總領事李仕鵬及一眾當地僑領，華裔國會議員等共計千位嘉賓參加。同鄉會主席陳恆致詞，祝願香港未來繁榮穩定，明天會更好，並即席聯同台上台下嘉賓同唱《東方之珠》。

「香港今潮，藝起 FUN」慶祝回歸之系列活動，由香港特區駐上海經濟貿易辦事處主辦，同樣亦在七月一日，於上海傳統建築物石庫門弄堂內拉開了序幕。駐滬辦蔡亮主任在致開幕辭時表示，疫情散去後，希望此項活動能讓當地市民對香港有舊的回味及新的認識。上海香港商會、滬港青年會及上海香港聯會等機構都參與合辦。活動持續近一週，在上海虹口區一大型傳統卻新穎之文創區舉行，設有港式美味食物品嚐，港式文藝表演及港式親子手工藝製作活動等。

回看香港主場之各項慶回歸活動就更加多姿多彩了，政府同民間社團或機構都當仁不讓地主辦、合辦或協辦林林總總之文化藝術、體育競技、美食節慶及本地遊等等活動。想來整個夏天小島都將洋溢着歡快喜悅、熱鬧祥和及歌舞昇平之氣氛，伴隨着烈日高溫，勢將香港之地位人氣推向更高處。

「七一」，本港市民及來自世界各地的遊客都開開心心、喜氣洋洋地享受一個喜慶的節日。當日在香港政府轄下很多康樂文化設施都可以免費使用，而且更免費開放科學館、太空館、文化博物館、藝術館、西九文化區、故宮文化博物館及濕地公園等。另外，本港一些經營公共交通運輸的公司也提供免費或者優惠給公眾，例如電車服務、天星小輪及富裕小輪的水上的士等。更令人喜出望外的是竟然有逾千間食肆，當日在指定菜色和餐飲方面提供「七一折」優惠。政府、機構、商家及市民，就在眼前「七一」這一個回歸的大日子，自然而然真真正正地融合在一起，大家為香港的今天高興慶祝，也為香港的未來正向展望，並努力拚搏。誰說香港最好的時間已經過去了呢？時光荏苒，唯愛當下。

在此不得不提的是，就在慶「七一」，迎回歸週年的大日子，更有來自世界各地的團體機構，在香港舉辦了一場別開生面的「世界和平音樂會」之啟動禮及繽紛璀燦夜。六月三十日傍晚，在九龍「THE ONE」十三樓一整層，聯合國華人友好協會、孫中山海外基金會、世界家庭電影協會及亞洲華語金曲獎組委會等，在世界華人協會、世界文化總會、世界和平策進會、香港各界文化促進會、滬港文化交流協會及台灣中華紅藝文化交流協會的支持下，邀請了近五百位來自世界各地的文化界藝術界人士共聚一堂。大會主禮嘉賓「世華會」創會會長程萬琦博士致辭，他祈願全球華人四海同心，愛國愛家，以中華傳統書畫文化倡議世界和平，用新舊名曲嘹亮聲樂唱響回歸讚歌。

吾愛香江吾家，人心同步回歸。當人因工作或其他漂泊在他方，唯心仍牽掛着家，因為家是永遠的根，無論那個家有多好或多不堪，都是永恆的家。正如蕭伯納所言，家是世界上唯一隱藏人類缺點與失敗的地方，它同時也蘊藏着甜蜜的愛。

2023 年 7 月 11 日

盛夏熱讚上海時光

港澳台青喜相逢
上海時光盛夏中
學習實習享其成
未來我來更從容

上海時光不虛度
青年結伴創新路
今夏熱讚實習樂
明春期盼重歸滬

盛夏大暑熱氣騰騰，因工作關係入夏以來穿梭奔走在亞洲的各個城市，香港、高雄、台北、上海及福崗等地，幾乎每個城市的平均氣溫都在攝氏三十度以上。白天的街道在無雨的日子熱力逼人，熱浪衝天。人們只要在街道上停留十來分鐘，則肯定汗流浹背，體質差一些的，大有可能中暑。

如此炎夏一班港澳台的青年學子不畏赤熱，無懼辛勞。在上海市統戰部、上海市海外聯誼會及滬港青年會等部門團體精心策劃及安排下來到上海，在各大國企、港企及外資公司實習近兩月。在上海親身體驗工作、生活及餘暇時間的各種各樣之寶貴經歷實屬難得。此次百多名青年實習港生分別來自於香港大學、香港科技大學、浸會大學等。他們都是經過幾輪嚴格面試甄選後，在近千名的侯選人中脫穎而出，最終獲得上海實習機會。

其實，此次港澳台生能獲得在上海的實習工作實在是非常不易，除了主辦及協辦機構在之前大半年中的統籌、協調及調排等工作外，滬港青年會更在滬港兩地募集了一大班義務導師協助確保青年學子在滬工作工餘身心愉悅之餘，對國家及城市都有更全面更深刻的認識及瞭解。實習生各依大學之專業學習範疇被分派至相關企業，而週末週日更有各項由上海各區統戰部安排，滬港義務導師帶隊的參觀活動及生活體驗。諸如前往上海博物館、上海圖書館、上海城市規劃館、上海天文科技館等。青年實習生還去了被譽為上海之根的松江區，參觀了廣富林文化遺址文化展示館，感受上海千年歷史文化底蘊。另外，在上海視覺藝術學院的學生帶領下參觀該院，並與他們做交流，分享滬港兩地學習、實習及生活的各種經歷及感思。週末走進熙來攘往的南京路步行街，可能又是另一種上海生活的體驗，逛逛馬路，買買零食，週末輕鬆一下。

夏日留戀上海美好時光，六、七月近八週的實習生活，很快已成過去。港澳台青年學子在最後的分享會上，通過一系列自行編排設計的表演，諸如報告、短劇、朗誦、歌唱及舞蹈等，表達了他們對上海這座城市的熱愛及留戀，感謝了這次實習工作生活中，為他們默默安排付出的所有政府部門、團體、機構及人員。其中很多實習生更期盼能很快再次回到這座城市，並帶着他們的夢想與「魔都」一起發展騰飛。

心中夢海上，上海夢中心永遠是屬於所有海內外願與她共同打拚邁進，更上層樓的青年學子的。來吧，中國的上海在此永遠以海納百川、大愛兼容、廣招四海賢才之海派情懷，等着大家的重歸。

2023 年 8 月 1 日

雪龍的快樂

春牽龍舞鳳鳴唱
百花千樹天明朗
四月別後五月逢
迎春送春春難忘

清明過後迎穀雨，春夏相交踏青去。四月的香港，中午氣溫居然衝破攝氏三十度，人人都不想逃離公司、商場或餐廳等室內冷氣間。但是，香港三、四月的盛事一件接一件，實在令人無法「躲」起來。單單「藝術三月」就迎來了十二項大型國際活動，諸如：影視展、花卉展、紀念金庸百年誕辰之任哲雕塑展……其中最著名的是 2024 巴塞爾藝術香港展。四月份的「Rugby 7」(香港國際七人欖球賽) 更將本港盛事推向高潮，三日的賽事迎來了全球三十隊欖球隊在香港大球場競技比拚，一較高下。同時，近十萬人次入場觀看，估計創下了逾十億的經濟收益，帶旺了附近的食肆、酒吧、酒店等等的生意。香港人肯定都會為此感到熱情高漲，興奮愉悅。

誠然盛事當下，人人都可以選擇投入其中，共享其樂。不過，對於筆者來說本月最令我快樂的，是親眼看見「雪龍 2」號靜靜地駛入維港。「雪龍 2」號是中國自主建造的第一艘極地科學考察破冰船，船長 122.5 米，型寬 22.32 米，總噸位 12769 立方英尺。

這次是「她」在歷時五個多月，跨越三萬多海里而圓滿完成國家第四十次南極科考任務後，選擇香港作為回航返國的首個航站。香港市民包括筆者，能近距離大飽眼福，或有幸登船參觀體驗實在喜出望外。其實之前的「雪龍號」對廣大香港市民來說並不陌生，新聞也常常有所報導，是前蘇聯在烏克蘭赫爾松船廠建造的一艘科學考察船，後來中國買下了並進行大規模改裝，於 1994 年 10 月首航。是次來港訪問五日，停泊在海運碼頭的是更加創新的「雪龍 2」號。「她」誕生於 2019 年，由芬蘭支援設計，中國自主建造，具有全球首創的雙向破冰技術，其續航力達 20,000 海里，可持續航行六十天。

日前，筆者與同仁友好於灣仔某酒店八樓一號中菜廳午膳中，突然，餐廳食客及侍應蜂湧至靠維港一側的落地玻璃旁，時而歡呼，時而尖叫，並各自取出手機影相拍片。原來這刻「雪龍 2」正緩緩的駛向灣仔碼頭，旁邊也有兩三艘海事處的護航船。透過餐廳的大玻璃清楚可見，「她」迎着岸邊或建築物內的歡呼喝采悄悄靠岸後，波瀾不驚，泊之泰然。此時筆者亦激動的忍不住拿起手機自拍一輪，再要求他人幫我補拍幾張，整個下午都沉浸在快樂中。

細想「雪龍 2」號令人感覺到切切實實的快樂、自豪及親切之個中原委也不難明白。首先「她」是在中國上海自主建造的第一艘極地科考破冰船，且某些方面技術世界領先。在其執行航行考察任務期間，亦曾參予國際營救工作。筆者認為「她」是一艘「俠船」，「俠」之精髓，因受查大俠影響，筆者深感或許正體現在人與人、家與家、國與國之間的交往互通中。如果說你一生俠氣，卻從來不與人交往，那麼如何體現這種俠氣呢。「雪龍 2」就是憑藉着自身的強大，在南極「江湖」上，破冰而行，考察探索，行俠仗義，營救蒼生，最後功成歸來，萬民歡呼，她卻隱身而藏，補給完畢，靜候再次揚帆啟航。想到這裏，俠之大義，呼之而出。

假如我是一艘雪龍，
匆匆的在冰海間馳騁，
我一定認清我的方向，
駛進，駛進，駛進，
這冰面上有我的方向……

2024 年 4 月 14 日

難忘「奉賢」的日子

難得一夜高鐵夢
忘卻三伏熱浪湧
奉身滬港交通情
賢傑後生愛與共

小暑大熱，麗日高照，來自五十多間香港中學共七百多位師生熱情同樣高漲，興奮出行。他們參加了由滬港青年會等社團主辦的「滬港同心中學生高鐵訪滬考察交流團」，師生分兩批，分別乘搭早晚兩班的滬港高鐵，由西九龍站直奔虹橋站。是次港生「高鐵團」共分九個小分團，對接上海九個行政區。由於考察交流團規模龐大，人數眾多，又是首次搭高鐵，主辦的滬港青年會等機構的總團分團負責朋友以及上海各區海聯會安排接待人員及團體，早在大半年前已開始投入籌劃聯絡踩點後勤隨隊醫護分配等大量工作，以確保交流團活動一切順利。

筆者有幸受邀出任「奉賢」小分團團副，與師生共同體驗首發沒多久的「滬港夜班車」，暮發朝至，在高鐵上睡一晚，嶄新的感覺，無比暢快。當日下午出發前，大家在西九高鐵站露天處舉行一個隆重且大型的啟動禮，主辦方、各相關部門及分團師生人員都整裝待發。在完成授旗後，「夜班車」五分團便浩浩蕩蕩開步入閘。港鐵工作人員事前早已作好了特別安排，大家經一地兩檢之後，順利登車並找到自己車廂床位……嘩，好豪華呀！係呀，好正呀……同學們禁不住連聲讚歎！

列車緩緩地開動了，月台上的工作人員在同我們揮手作別。沒多久乘務員便推着豐盛的晚餐來到每卡車廂內，開飯啦……同學們又此起彼落地叫了起來。一浪接一浪的驚喜歡呼還是在不斷的持續着，高鐵團的總團分團長等一眾領隊大哥哥大姐姐真的好像此列開動的高鐵般，無法停下來，排成一隊去每一卡每一廂打招呼、問候、慰問並與師生一同喊出此行之口號：「百萬青年看祖國，滬港同心，Yeah !」。第二天一大早在上海虹橋高鐵站，已經人潮湧動，各區接待人員都舉着小旗熱烈歡迎我們，很快大家各自上了旅遊巴士奔赴各區。

上海我們來了……筆者所屬「奉賢團」的八間中華基督教會中學首站便是去奉賢中學。在那裏校長師生們已經早早在校門外列隊迎接我們。進入了大禮堂，校長等致歡迎詞後，大家互贈紀念品拍照留念。「奉賢中學」為我們安排了精彩的參觀訪問互動環節，我們八間中學分成四組，「奉中」同學為我們介紹了校園內的不同課室場地。大家先後去了地板冰壺館、科技室、中樂室等。最後在圖書館有位老師指導大家嘗試刻章，用事先準備好的石頭及工具刻些簡單的字樣。兩個小時很快過去，香港師生對「奉中」寬敞新穎的校舍及各項完善設施，當然還有當地師生親切的接待都讚不絕口。

接下來的幾天我們分組去了奉賢區的各個街道，例如金海、奉浦、南橋等。香港學生親身體驗了做一天上海人的經歷。大家一早便去了街道辦的一些社區中心，同當地居民近距離接觸。彼此一起聊聊兩地情況，一起玩小遊戲及一起包餛飩吃。學生也參觀了當地的一些大型企業，一些知名民宿及探訪上暑期班的小學生，同任職導師的大學生哥哥姐姐開下午茶座談會，通過彼此交流，拉近互相距離。晚飯後香港師生去了浦江夜遊，登上遊輪後，港生都被浦江兩岸的璀璨夜景深深吸引住了，不住留影打卡。

「高鐵團」九個分團在各區貼心的安排照顧下，幾天走訪了區內區外知名景點，港生們都雀躍萬分。終於九團又再聚集了，大家來到上海交大霍英東體育館，同本地學生及各界人士一起出席分享會，並啓動「滬港同心，龍騰青春」之項目。滬港兩地學生將預先製作好的龍身小鱗片一起貼在一條巨龍身上，象徵滬港青年同心同德，龍的傳人龍年同行同進。當晚各區又分別舉行了盛大的歡送盛宴。滬港學子一邊用餐，一邊傾談，又上台一起載歌載舞。歡送宴高潮迭起，滬港領團團長及老師們也受邀上台表演唱流行曲及粵曲等。九點多了，大家都仍沉浸在歡樂中不願退席。兩地學生幾天相處下來已成老朋友了，各自拍照，互加微信，有的甚至相約起來了……

滬港，中華的兩顆掌上明珠，時時刻刻惺惺相惜，沒有甚麼既生瑜何生亮，有的都是你中有我，我中有你。不是嗎？上一代的猶記繁花樣年華，承傳下來的滬港同心心相映，龍騰青春春更親。

我想此次「奉賢團」的每一位團友一定會記掛着我們在以聖人聖學命名之地播下的友誼種子，期待着早日開花結果，共慶豐收吧。

2024 年 7 月 17 日

難忘「順利」的日子

不知道是天意的安排，還是偶然的巧合，從未想過會在這裏任教。朋友的隨意相薦，承蒙康校長不棄，誠意錄用。再加上同事們善意相助，而同學們每一張燦爛親切的笑容恍如冬日的陽光，照耀着我，溫暖着我，就這樣我來到了「順利」這個大家庭。好像離開學校也有一段頗長的日子，而今又回到校園中，總有一種似曾相識的感覺。

每天晚睡早起，惺忪的雙眼帶着倦意，駕車在道路中飛馳回校。夢醒時看見一個個既陌生又熟悉的同學，隨便招呼一聲。享受小食部一碗精心炮製的辣餐蛋麵，一支維他奶或一杯香濃的咖啡，精神為之一振。在這裏，體育課一堂接着一堂。看着四周的一切，張開雙臂，好想把所有都擁入懷裏。好想像藍天一樣遼闊，像白雲一樣自由，像高山一樣剛強，像清風一樣溫柔，像孩子一樣天真無邪、無牽無掛。好喜歡與低年級的同學嬉戲玩耍，總誤把他們當作小學生般看待。有時候也會和高年級的同學一起閒聊或傾談，好為人師的我又要高談闊論，細訴人生眞諦了。

不知不覺間，時間如離弦的箭，在這裏已經快四個月了。時間愈久愈是真情難抑。校慶的那一天，眞的感受到一份難以言喻的溫馨。在這乍暖還寒的日子中，一曲《昨日》(*Yesterday*) 令我血液沸騰。看見鄭老師落力地指揮，親自吹奏，我情不自禁地在樂隊前停留，細心靜聽欣賞。這是一首我最喜歡的樂曲，是美國電影《義薄雲天》(*Once Upon A Time In America*) 的主題曲。當時我相信我能感受到鄭老師及同學們的心情。對你們每人來說，十五週年的的確確是一個永難忘懷的大日子，我衷心地祝願「順利」在以後的日子一如既往般勇往直前。

學界田徑運動會有幸帶領學校代表出席，看見同學們拚命地為學校爭取至高的榮譽，為自己留下光輝的回憶。勝利時，欣喜若狂地歡呼高叫；失敗時，禁不住湧出淚水。既想與你們分享成功的碩果，更想分擔你們挫折時的難過。回想自己在運動場上的心路歷程也不平坦，「成敗不足論英雄」。有一句話我至今還記得：只要你付出了努力，勝固可喜，敗也欣然。籃球隊的同學們在呂老師及陳老師的帶領下，在比賽中能頑強拚搏，脫穎而出，我也一樣感覺高興萬分。

也許能在這裏執教是一種福份。雖然每天早起少睡幾小時，但也難得地輕鬆自在。在我眼中每一個學生既使是最頑皮、最搗蛋的，也總有他們可愛可取的一面，教授他們是我現在的責任。

「天下無不散之筵席」，我想自己一定會記得在這裏的每一天，日後我們若是能在他方再遇，不要忘記重溫今日之情份！

1997 年 4 月 22 日《明報》「教餘隨筆」欄目

合著篇

悲傷是我們爲愛付出的代價

絲絲春雨惹情思
點點滴滴心常念
每逢三月牽掛父
最是悲傷別至親

自您離去的每一年，來到三月，思緒總是會變得不平靜，腦海裏又會縈繞着您的身影。每一年的這個時候，都有些衝動想寫下一些自己的感覺，但每年都為自己找了藉口。等三年再寫吧、五年再寫吧……直到今天第十年了，我才下了決心。

您當天的離去，是那麼突然，那麼令我們措手不及。以前每當您要離開時，總會打電話來說一聲爸爸就要回上海啦、去哪裏了、你要點甚麼、我幫你帶回來……縱然我的回應還是一貫的平淡，您還是不厭其煩地叫我照顧好媽媽、秋蓮、通通和妹妹。但十年前您的離去卻是那麼的沉默，不作一聲。

從我倆兄弟小的時候開始，您就一直為了家族事業不停奔波。每一次您的離開，少則幾星期，多則幾個月。我們早就習慣了您不在身邊的日子，但我們也知道您總有一天會回來，總有一天我們會再聚，到時又會聽到您侃侃而談，分享這次辦事的種種經歷以及所見所聞。經過您生動的描繪，老是會逗得我們大笑。但十年前您離去後，您並沒有回來。

在您剛離開的時候，真有一種感覺，您只是去了一趟比較久的出差。甚至有時在夢中見到您，醒來後以為一切都沒有發生過。您犧牲了我們小家庭相聚的時間，犧牲了自身的安逸，為家族的使命付出了一切。我們一直都沒有怨言，因為您出眾的才幹，堅定的意志，令我們相信終有一天會完成您的使命，不用再奔波勞碌，可以和我們無憂無慮天天在一起，共聚天樂。再不用分離，再沒有思念，再不需擔心。可這一天，並沒有來到。

令我稍感到一點釋懷的，是在您離去前我們還是把握了不少相聚的時間。回看電腦裏的照片，在 2011 年的中秋節、聖誕節、除夕、孩子的生日，都有您和我們一起度過。只是歡樂的時光總是不嫌多的。我們每一次的相聚，尤其是過年的時候，總覺得是上天對我們的恩賜。當看見孫兒們繞在您和媽媽的身邊，此起彼落的笑聲，令我感到這才是我們生命中最珍貴的，最值得去珍惜的。可惜的是，造物總喜好弄人，你越是珍惜，它卻越走得快。我知道這一天總會來到，我清楚「樹欲靜而風不止」的下一句是甚麼，卻總沒有料到這一天會是來得這麼快，這麼急。

不想去想，但又逃避不了，總在想如果您今天還在我們身邊，將會是怎樣的景況呢？您天生愛熱鬧，如今應該是如何享受着與整個大家庭的成員和您的摯友一起歡聚，一起分享您操勞一生為家族奮鬥而帶來的成果。在宴會上，您到處向人祝酒；所經之處，大家都圍繞着您，為您喝彩。您意氣風發，時而滔滔不絕，時而引吭高歌。您精力無窮，直到大夥都散去，可能您還在舞池中央翩翩起舞……

您熱愛生命，更熱愛您的家庭。您一生也對「愛」了解至深，也有一套獨特的見解。小時候不明白為甚麼您說愛和宇宙有着密切關係。您並不是物理學家，所以我認為這只是您一廂情願的想法。但這幾年的閱歷，尤其是一齣叫《星際啟示錄》的電影，令我感受至深。電影的編劇在物理學的基礎上創作了這齣戲，他的觀點竟然和您不謀而同，原來是愛，才是人類生存下去的原動力。如果您還在，一定會對這齣戲讚不絕口。巧合的是，這齣戲的男主角，也正是二十多年前您極為叫好的一部電影《超時空接觸》的男主角。還記得當年您在家中的電視機前觀看這齣戲，其中有一幕 —— 女主角好不容易超越時空去了外太空，她遇見的竟是她已逝世多年的爸爸……那一幕，您不禁對我說：「這就是外太空啊，在那兒我們都能和已逝去的家人再重逢啊！」您是多麼認同，多麼相信愛啊！

但不知道您有沒有聽過那句話「悲傷是我們為愛付出的代價」？這是這十年間，令我可以在悲傷中稍作解脫的理由。我不再視悲傷為悲傷，反而想到這是因為您對我們的愛，而要我們付出的代價。愛越深，代價也越深，一切再合理不過。只希望有一天當我們償還這一切的代價後，我們可以在宇宙的某一個角落再聚。

（弟中頌撰寫，作者修改）

2022 年 23 月 28 日

爸爸

我寫爸爸她寫我
日短情長不枉過
所學有成青勝藍
海外從業新生活

爸爸要來美國出席我畢業禮是件讓我很矛盾的事情。我總是擔心沒有好好照顧到他，怕他累、怕他等很久、怕他倒時差會很睏……但我是很開心的，不是因為我突然多了兩個保鏢，是因為爸爸終於來這個我待了快五年的地方，真真切切地感受我的在美生活日常。

看到爸爸跟男友聊天，講自己跟媽媽談戀愛的經歷、說我小時候的趣事、聊我跟弟弟妹妹的相處……又把襯衫及領帶贈與男友，讓他好好看着我這個冒失鬼。我想這應該是很多人嚮往的相處模式吧。

爸爸跟着我倆到處跑，我總是想帶他多去幾個不同的地方轉轉看看，去不同的餐廳吃飯，多做幾道家裏沒人做的菜和湯。而每天都有兩個人聽從我的安排，我感覺很幸福，每次都會說：「大家！我們明天幾點出門、去哪裏、看甚麼……」媽媽說這兩個男人是任人擺布，準確來說是任我擺布。

我作為爸爸的大公主，對於找到了騎士，並帶着他跟爸爸見面是一個很特別、很有趣的經歷，慶幸他也欣賞我的男友，他們兩人相處得非常不錯，慶幸自己多了兩個貼身保鏢。男友幾天裏也忙前忙後照顧我們，當司機，當導遊……也因爸爸的到來學到了幾分幽默和詩詞文學。如果媽媽在場一定會說我們三人傻傻的。

好多人都說，你爸爸看上去好年輕啊。只有我心裏覺得爸爸臉上多了幾道歲月的痕跡，看他有時走長路怕他腳疼，看他偶爾咳嗽怕他難受。

小時候覺得他百毒不侵，是個巨人，太辣的吃不下給爸爸、太多了吃不完給爸爸，看到有蟑螂、有飛蟲，害怕了，半夜敲門找爸爸。現在遇到事情還是會打電話找爸爸抱怨一番，他也會不厭其煩地安慰我，叫我不要太在意。

現在偶爾還是會覺得爸爸活得很年輕，愛在社交平台上發自己寫的東西、拍的照片。來美國後更能體驗到，他加我幾個朋友的微信，跟男孩們看球、聊天……

在美這短短的一個週末，男友和我帶爸爸去了週六的早上市集和查爾斯頓的海邊。跟爸爸吐槽男友對於停車的執着的同時，多了我們兩父女拍照的時間。看看那些打卡的景點和雕像，牽牽手吹着海風。

記得前兩年回香港時，我跟爸爸坐地鐵，我時而挽着他的手臂，時而牽着他的手跟他聊天，他回到家裏跟媽媽分享自己心裏甜甜的。的確我們一家五口都愛分享、愛表達，總覺得自己長這麼大了還是喜歡牽爸爸的手，真的像個小孩似的，其實自己也想一直像小孩一樣。

「爸爸，我能看電視嗎？」

「爸爸，我想買這個可以嗎？」

「爸爸，我想去看演唱會。」

「爸爸，我今天六點結束，你能來接我嗎？」

「爸爸，我再也不想上暑課了。」

「爸爸，我不想搬家。」

「爸爸，你能給我些散紙嗎？」

「爸爸，我想回家。」

爸爸雖說不是每次都會答應，或者有時會「甩鍋」給媽媽，可是絕大數的時候他都會儘量滿足我，還有妹妹。

終於要跟爸爸在機場說再見了，我還是忍不住流下不捨的眼淚。我的心情十分矛盾，我們的生活軌跡重疊幾天後又要分道揚鑣，接下來的日子只好在各自的崗位上繼續努力，下次見面時再好好擁抱吧。

（長女俊伶撰寫，作者修改）

2023 年 8 月 18 日

一切由求學開始

無問西東求學問
寒窗苦讀靜候春
文行忠信德為先
孝恩真情愛共存

「我只知道不管我將來做甚麼，在這個年紀，讀書學習都是對的，我何用管我學甚麼，每天把自己交給書本，就有種踏實。」

我很喜歡這句出自電影《無問西東》裏的對白。電影講述四個不同時期的年輕人如何從學習和成長中找尋自我的價值。我認為求學首先是「為己」，志在修養和提升自己，從而肯定自我，再之也可以報效家國。

求學是為了個人的修養，為了成為知書禮、有品德的人。美國前總統林肯曾說過，品格如樹木，名聲如樹蔭。我們經常只考慮到樹蔭，卻忽略了樹木才是根本。子路是孔子著名的弟子，他在向孔子求學前是一個欠缺禮貌、不分尊卑、徹頭徹尾的野蠻人。但他在孔子悉心的教導下，最終得以脫胎換骨，成為一個溫文爾雅、文質彬彬的讀書人。可見在求學的過程中，人們會被灌輸正確的價值觀，教曉何謂對錯。從而在成長的路上不斷摸索和觀察，然後才能建立自己的價值觀，分辨是非。人求學才能擁有修養，確立自己對世間萬物的看法，創造自我價值。

其次，求學是為了提升自我能力。不管學士、碩士、博士等階段所學習到的大多是已知的知識，只有經過一再親身驗證，才能吸收成為自身的智慧。所謂的驗證即實踐和考核自我是否能學而致用，而這個過程往往是痛苦又高壓的。例如數學試卷，學生要面對繁複難記的公式；又如中文閱讀理解，學生要面對一般人不會問，連作者自己都未必知道的問題。但是，數學真正考核的並非學生的記性，亦不要求他們要牢記那些畢業後根本用不着的公式。真正考核的是一個人面對難題時的應對和解難能力，更是考驗考生的抗壓能力。而從中文閱讀中，我們能探索文字背後的意義，學習到批判性和多角度思考。可見求學所學習的不單單是要背誦難記的知識，更多的是實際運用能力，以及一些畢生受用的處事態度，為日後為人處事奠下基礎。

但是，也有許多悖論。大多數人讀書僅僅是為了給自己將來找一條出路，為了日後能發財致富，根本不是為了擁有多麼高尚的修養。「三年學，不至於穀，不易得也。」孔子當時已經感歎，一般人向他求學的目的不是為了學問本身，而是為了尋找職業，為了功名利祿。古時書人為了做官發財，現代人追求學歷以備未來所需。結果人們從古至今求學是否都出於一己私慾，大勢所趨，不得不世俗呢？

上述觀點的確是無可否認的事實，要求學生讀好書的先決條件或許唯有以利相誘了。不過，高學歷只能為一個人帶來各種較好之機會，並不能確保他名成利就。一個人的價值取決於他的行事風範和待人處事，而求學正是能塑造一個人的價值，因為所求的便是修養和態度，也許求學確實是為了私慾，但那不是對金錢、地位的渴望，而是想要擁有自我肯定和別人尊重而產生的慾望。

作為一個平凡而渺小的讀書人，我們可以沒有「為中華之崛起而讀書」的思想覺悟，也可以沒有「苟利國家生死以，豈因禍福避趨之」的犧牲精神，但我們也不能容許自己學着追名奪利，或是漫無目的地為學而學。我們是為了自身的價值和真實而學。學習和實踐未必是我們名留千古的途徑，但卻能是我們快樂的來源。人從求學的過程中得到品德、能力、態度等，從而成長，確立自我的價值，從而自我認同，甚或得到別人的尊重，人生才得以美滿和幸福。一切皆由求學開始。

（二女俊蕾撰寫，作者修改）

2022 年 7 月 8 日

Chinese New Year 名正言順

新春中國年
春恩情延綿
正月逢十一
愛春回人間

每逢至農曆新年之時，總會有一些人跳出來說要將其英文名稱由「Chinese New Year」改為「Lunar New Year」。這種講法所基於之理由無非就是指並不只有中國人過這個新年，包括越南、韓國、新加坡等周邊一些國家地區都沿用相同曆法慶祝新年。近年「台獨」勢力力推「去中國化」，伺機又在此問題上興風作浪，大做文章。然而這種講法在道理上根本就站不住腳，唯至今仍然有人反覆為此說背書，恐怕除了政治動機外，事實甚為無稽。

筆者說其站不住腳有兩方面，首先是「Lunar」用詞不當。人類曆法自古以來大體可以分成太陽及太陰兩大系統，分別以觀察太陽及月亮運動軌跡而成。中國現在所使用的農曆經歷多次改良，並不是只觀察月亮而成的純太陰曆。農曆兼察太陽太陰兩者，月份來自於月亮，但二十四節氣和閏年等概念則來自於太陽。例如中國的春分、清明及大雪等節點，若以西方現代公曆日期計算則更準確，這也是為甚麼二十四節氣的日子總是與公曆對上的原因。

英文的「Lunar」意即謂「月亮的」。中國曆法是「陰陽混曆」而非「純陰曆」，叫作「Lunar」其實並不準確。退一步講，從英文來說，所有以觀察月亮軌跡而成的曆法也可叫「Lunar Calendar」(月亮曆法)，那每一套月亮曆法中的新年也可叫作「Lunar New Year」。即使除去了一些已經不再有人使用的歷史曆法也好，現存在世上還有另外兩套曆法也是陰陽混曆及純太陰曆：猶太曆和伊斯蘭曆。前者是猶太人的傳統曆法，與中國曆法有很多相通之處，也屬於陰陽混曆；後者則是伊斯蘭教徒的宗教曆，是一種純太陰曆，每年只有三百五十四天至三百五十五天。由於不置閏的關係，伊斯蘭曆每年會比公曆快大約十一天，大約三十三年就會比公曆多上一年。這些曆法各有特性，新年的日子也完全不同，但原則上都可以叫作「Lunar New Year」。因此，將中國農曆新年叫作「Lunar New Year」其實只會產生更大的歧義，也反映了很多提倡者的眼中那份自我中心，無視了其他文明的傳統。

其次，把農曆新年稱作「Chinese」其實並無問題。雖然人類曆法一般可以科學客觀地分成太陽太陰兩種，但「新年」本身就是一個文化概念。即使幾乎相同的曆法，在不同文化中它們的新年也可以完全不同。例如猶太曆跟中國農曆有很多相似之處，都是以「十九年七閏月」去解決太陽年不對稱問題，但新年的日子完全不一樣。中國農曆的新年大約在公曆一至二月之間，本是取大地回春之意。而猶太曆有兩個新年，宗教新年是三至四月間的逾越節(Passover)，是為了紀念猶太人逃出埃及的故事，此節後來在西方基督教漸漸演化成復活節 (Easter)。而一般百姓慶祝的新年則是在九至十月間的「歲首」(Rosh Hashanah)，又俗稱為「吹角節」，一些理論認為這與秋天慶祝收成有關。

現在西方普遍以公曆一月一日為新年也不過是幾百年歷史的事，過去新年按每個民族和曆法也會有所不同。以公曆一至二月這個時間的月亮週期的第一天為新年的做法，在中國歷史上也曾有過變化，不過毫無疑問起始皆源於中國。中國周邊民族和地區也慶祝同一個節日 —— 春節，這是他們借用了中國的曆法和節日之故吧，同時亦更體現其與中華文化之交流交融。既然農曆起源自中國，那麼稱之為「Chinese New Year」於情於理都當之無愧。

（學生陳子煒撰寫，作者修改）

2022 年 2 月 11 日

後記

世紀疫情三年，對自己滬港兩地工作帶來了極大的影響。往時工作需每月往返兩地，唯當時實施了隔離封關等，工作被逼停擺，公司蒙受經濟損失，個人困守於港承受沉重壓力。

此時，花在閱讀、運動、尤其是寫作的時間則相對多了許多，而且寫作也令我更為減壓與療癒。那些工作上，生活上的困境一時三刻單靠個人是衝不過的，世界也似乎停頓了，唯有靜下心來做些自己喜歡的事情吧。

我寫心中的人與情，寫身邊的事與景，寫四季似慢卻快的變幻，寫疫情中的無奈與隔離……我感恩、感激這些絕大部分的文章都得到大公報的刊登，這仿似更激勵我不停地創作。在這三年疫情過後，在這又迎向兩地繁忙工作之餘，仍不要放下手中的筆，繼續用心作文。

最後，我想我可將這些文章彙集成冊，出版成書，獻給我在天上的父親 —— 陳春。他的文筆情思，學識素養，百倍於兒，唯他已離開世界整整十二年半了，願他在天家永遠安好。

陳中威

2024 年 9 月 19 日 上海

責任編輯　呂丁丁
書籍設計　彭若東
排　　版　高向明
印　　務　馮政光

書　　名　心必受之方為愛
作　　者　陳中威
出　　版　山頂文化
Hong Kong Open Page Publishing Co., Ltd.
香港北角英皇道 499 號北角工業大廈 18 樓
http://www.hkopenpage.com
http://www.facebook.com/hkopenpage
http://weibo.com/hkopenpage
Email: info@hkopenpage.com
香港發行　香港聯合書刊物流有限公司
香港新界荃灣德士古道 220-248 號荃灣工業中心 16 樓
印　　刷　中華商務彩色印刷有限公司
香港新界大埔汀麗路 36 號中華商務印刷大廈 14 樓
版　　次　2024 年 11 月香港第 1 版第 1 次印刷
規　　格　32 開（147mm × 210mm）224 面
國際書號　ISBN 978-988-70419-8-6